MA:MA

【完全版】

紅玉いづき
IDUKI KOUGYOKU

輕文學
Light Literature

目錄

MAMA

——聽好囉？

如果妳在神殿深處迷了路，
一定要把兩隻耳朵緊緊摀住。
如果，只是如果喔，如果妳聽到了聲音，
一定要假裝什麼都沒聽見，沉默不多作回應。

如果妳回應了那個聲音，
被他知道妳聽得見的話……
一定會被「嘉達露西亞的食人魔物」吃掉的。

孩子們的聲音迴盪在神殿挑高的天井與純白的樑柱間。

「喂，她來了喔！」

「吊車尾的沒用傢伙來啦！」

圍在飲水區旁的少年們出聲嘲諷的，是個頂著一頭茶褐色自然捲髮、擁有一雙如初綻紫羅蘭般眼瞳的少女。淚水盈滿眼眶的她正緊咬著下唇，佇足在少年們面前。

「喂，托托！今天的考試妳考了幾分啊？」

其中一個少年不懷好意地扯開獰笑問道。

「尤安，這樣太可憐了，別問她這種事啦！」

站在一旁的另一個少年用故作氣憤的語氣說完後，忍不住噗嗤一聲笑了出來：

「她當然是考零分啊！」

幾個少年隨即放聲大笑。

天真無邪的殘酷笑聲，不斷在神殿挑高的天井間迴響。

「才不是呢！」

被嘲弄的少女發出悲鳴般尖銳的叫聲：

「才不是才不是才不是！人家才沒有考零分呢！」

像是被狠狠咬了一口般吼出來，但少女卻沒辦法舉步走向那些少年。

少年們臉上滿是掩不住的譏嘲笑意，還刻意炫耀似地發出「嘿～」的怪叫聲。

「不然是十分嗎？還是二十分？我今天可是又考了一百分喔！」

這句話讓少女臉色登時刷紅，難以承受地立刻轉身從少年面前跑開。亂成一團的茶褐色捲髮在頸邊晃動。

為了逃避那些彷彿緊追不放的嘲笑，套在小靴子裡的雙腳不停在神殿的長廊上奔跑。少女長得太過嬌小，視野也不夠寬廣，所以在彎過轉角時，才會一時不察地撞上從正面迎來的人影。

「呀啊！」

少女輕叫了聲，一屁股跌坐在地。

「托托，妳在做什麼！實在太沒教養了！」

和少女相撞的，是個身穿長袍的老嫗。

「蕾、蕾瑪老師……」

「神殿的長廊不是用來奔跑的地方，這句話我已經說過很多次了吧！」

歇斯底里的尖聲斥責，讓少女害怕得瑟縮起肩膀低頭認錯：

「真、真的很對不起……」

少女雖然以蚊吟般的囁嚅表達了自己的悔意，但老嫗的眉毛卻吊得更高了。

「妳的魔法成績原本就很差了，要是再不乖乖聽師長的話，我看妳總有一天會被逐出薩爾瓦多家族！」

「對不起、真的很對不起，蕾瑪老師……」

抱緊懷中的書本，少女只能一再地不斷道歉。也許老嫗罵完氣也消了，只見她從鼻間哼了一聲後，便轉頭踱向神殿的另一頭。

被留下的少女垂頭喪氣，拖著沉重的腳步從神殿長廊的一隅慢慢走開。

位處沿海地帶的王國——嘉達露西亞。

這個王國位於大陸盡頭，雖稱不上壯麗，但聚集在港口的船舶貿易所帶來的經濟收益，卻能讓擁有悠久歷史的王族過著豐衣足食的生活，可說是相當豐饒的國度。

王國中央建立了一座雄偉的城堡，與其比鄰的是座以純白石塊建造而成的神殿。

這個國家雖因貿易而繁榮，但守護王室千秋的並不只有財力和武力。擔負起這個國家最重要力量的，其實是種名為「魔力」的異質能力。

緊臨著王城，居住在那座石灰岩神殿裡的，是群被冠上「薩爾瓦多」之名的人們。

他們從很久很久以前就為守護這個國家與王族而奉命鑽研魔法，是個具有強大能力的魔法師集團。

被稱為托托的少女——正確說來，她的名字叫薩爾瓦多．托托。在這個不怎麼看重名字的國家裡，只要一說出薩爾瓦多的姓氏，卻是無人不知無人不曉。

托托也是承襲了這份血緣關係的「純正」薩爾瓦多家族成員。托托的父親和母親並不算特別厲害，但的的確確都是具有魔力的魔法師。儘管正統的血脈已變得稀薄，但托托確實是出身自這個薩爾瓦多家族直系末裔的名門。

人們稱他們為薩爾瓦多家族，但並非以血緣關係為依據，而是因為他們身上都具有魔力，也將魔法知識加以體系化並分享共有，進而團結成一族。薩爾瓦多家族每年都會讓魔力受到認可的孩子接受特別教育，再為其冠上薩爾瓦多之名。在這之中，原本該是薩爾瓦多家族內最具資格的托托，卻生來就不具備魔法的才能。

雖然還不至於到完全沒有魔力的地步，但潛藏在她體內的魔力少之又少，而她又缺少那份能驅使魔力的能耐，只能說是她運氣不好了。

在培育魔法師的神殿中，一提到「薩爾瓦多的無能者」，指的當然就是成績最差的托托。

托托其實並不討厭念書，何況她從小就格外愛書，還常為了看書而在神殿的書庫裡流連忘返。只可惜她天生就沒有驅使魔力的才能，那並非能簡單地以知識彌補起來，所以那天托托也只能嘆著大氣，一個人默默在神殿的長廊上漫步著。

正準備走過一扇半開的門扉時，裡頭傳來的對話讓托托無意識地停下腳步。

「——老師，關於托托的事，您打算怎麼辦呢？」

是自己的名字。托托覺得從腳趾到大腿彷彿都結冰了，只能愣愣地佇立在門口縮緊身子，雖然不想偷聽，但小小的耳朵自然而然豎了起來，傾聽房裡的對話。

「說得也是。托托她啊……再繼續這樣下去，別說是宮廷魔法師了，恐怕連想當個普通的魔法師都有問題。」

房裡的人雖然壓低了聲音，但帶著放棄、憐憫語氣所談論的確實是關於托托的閒話。就算托托早已習慣承受師長的怒氣，但這些話卻好似鈍重的凶器般狠狠砸向後腦杓。比起讓樹木枯萎的冬日寒風更甚的冰冷，使得喉嚨深處都為之凍結。

彷彿追擊一般，伴隨笑聲的話語響起。

「我是這麼認為啦，不如把托托當作養女送人好了，讓她生活在市井裡對她而言也比較好不是嗎？像她那樣的孩子啊——只會有損薩爾瓦多之名，您說是不是啊？」

（只會有損薩爾瓦多之名。）

聽到這句話時，托托不由得緊咬下唇。雖然拚命想要忍耐，但眼淚還是不受控地落下。

不行……不行……

絕對不能發出聲音來。

（托托是個吊車尾的沒用傢伙，他們只是說出事實罷了。）

如果現在出聲，就會被發現，然後，一定就會被趕出薩爾瓦多。

托托忘了自己原本想到哪裡去，一轉身就拚命邁開腳步狂奔。

她的胸口彷彿破了個大窟窿，不管跑到哪裡，都好像失足跌落空無一物的黑暗之中，好痛苦、好難過……

托托的家就在神殿旁。

「……媽媽，爸爸去哪裡了？」

那天夜裡，托托偎向正在編織衣物的生母，怯怯地開口問道。

「爸爸他還在宮廷裡呀。因為有客人來，他們現在應該正在談話吧。聽說是個從遙遠的東方島國前來的客人呢。」

生母雅麗的視線沒有從手裡的編織品上移開，她輕聲回答。

托托的父親是宮廷裡的魔法師，也負責當中一部分的公務；而支持著他的母親，也常常要出席社交場合。

「媽媽，妳聽我說喔……」

在母親身邊轉了幾圈，托托說。

「怎麼啦？」

母親問。托托有些躊躇，但還是輕輕開口道：

「托托……托托就算沒辦法使用魔法，應該也沒關係吧……」

我還可以待在這裡嗎？

我還可以當媽媽的孩子嗎？

若是如此把占據心裡的疑問說出來，或許會得到完全不同的答案。但聽到女兒這麼說，雅麗卻停下編織的動作，抬起頭來與她正眼相對。

「妳在胡說什麼啊？」

母親的聲音透露出些許怒氣，眉毛也緊緊地皺起。

「妳怎麼可以說這種話呢！學習魔法是很重要的事，妳想偷懶可不行喔？妳可是受到世人讚揚的薩爾瓦多家族後代啊！」

要成為不負祖先血統，氣派的魔法師。

這些話已經聽過太多次了。這些司空見慣的指責，如果是平時，即使感到沮喪，她也不曾反駁過。

然而這一晚，托托覺得自己體內似乎有什麼東西瞬間繃斷了。

「媽媽是大笨蛋！」

托托嘶聲大喊，忍不住抓起身旁的毛線團丟了出去。

房間裡只聽到暖爐中柴薪燃燒的聲音。

「我最討厭媽媽了！」

丟下這句話後，托托頭也不回地衝出屋子。身後傳來雅麗的呼喊聲，但托托只是一個勁地哭泣，在深夜時分一路奔向被夜色籠罩的神殿。

脫口而出的那句「最討厭了」不停在托托心裡迴盪。

薩爾瓦多的無能者。有損薩爾瓦多之名。

就算是什麼都不懂的托托，其實也了解。

最討厭的不是媽媽，而是因為「有損薩爾瓦多之名」而「羞恥」的自己。

拚命跑著、跑著，回過神時，才發現自己已經來到神殿的書庫前。

遠方傳來大人們交錯的腳步聲。他們可能正在尋找自己……希望被找到，想要被保護。

然而，托托同時也感到害怕。

如果，現在被他們抓到……

自己一定會被當成沒人要的孩子，隨便送給哪戶人家當養女吧？

托托在學校裡並沒有太多朋友。但不管是那些老愛對她惡作劇的男孩子，或總說「托托少了我們就不行耶」的那幾個很照顧她的女孩子們，托托真的一點也不想和他們分開。

就算是個吊車尾的沒用傢伙，她還是生在薩爾瓦多家的托托呀。托托哪裡都不想去，也不認為自己有本事能到什麼地方去。

試了好幾扇窗，總算發現有扇鎖頭壞掉的窗戶，托托從那裡爬進書庫之中，對她來說是場大冒險。除非身旁有大人陪著，否則孩童是不被允許單獨進入神殿書庫裡的。這裡和圖書館完全不同。

老舊的書籍散發沉鬱的香氣。熟悉的書本氣味總能讓托托感到心情平靜，卻也有種幾乎要被橫亙在眼前的黑暗吞噬的錯覺。

遠方傳來呼喊托托名字的聲音。

托托。

托托。

為了逃避那些呼喚聲，托托不停往書庫深處走去。

那是平時絕不被允許接近、放了禁書的櫃子。在禁書書櫃的更深處，還有一道上了鎖的門扉。

托托不由得倒抽一口氣。

薩爾瓦多的孩子們之間，口耳相傳著一個古老傳說。

在這座神殿的某處，有隻數百年前就遭到封印的強大魔物沉睡著。

那隻魔物一直引頸期盼，自己能從封印中得到解放的那天到來。

如果，這裡就是魔物棲身長眠之處——這個念頭瞬間掠過托托的腦海。怯怯地觸碰門扉上的鎖頭，這把鎖也和窗鎖一樣十分老舊，經年累月下來都已經腐朽了。試著往門板上敲幾下，沒想到鎖頭一下子就被敲壞了。

該怎麼辦才好呢……托托心想。

該怎麼辦才好？

門的那頭，似乎有誰在呼喚著自己。

「托托，妳在這裡嗎？」

就在這個時候，書庫入口突然傳來聲音，托托嚇得肩膀猛地一顫。

那是白天時，說出「還是讓托托到市井生活吧！」的其中一名老師。

（我不要！）

托托不作多想地推開眼前的門扉，閃身躲入門的另一頭。

那原本是扇用金屬製成的沉重大門，但另一頭好像有人在為自己開門般，托托一點也不費力地就把門推開了。

門的另一頭，是整片如漩渦般渾沌的黑暗。

（！）

沒有半點光亮、沒有窗子，連月光也無法透進。

這是個讓人分不清上下左右的空間。

突生的強烈恐懼讓托托忍不住想放聲哭叫，但還是硬生生地抑下衝到嘴邊的嘶喊。

孩子們口耳相傳的謠言，還有下文。

被薩爾瓦多捕獲的魔物，聽說是個會吃人的魔物。

那個食人魔物在剛出生不久，就曾經吃過一個人。

但被魔物當作餌食吃掉的那個人耳朵上戴著除魔耳飾，所以魔物無法吞噬他的耳朵。

把人吃掉之後，原本可以幻化成人形的魔物，卻只得到一個不完整的身體。因此他才會遭到封印，陷入沉睡。

——在沒有窗子的房間裡，不知打哪兒吹來的暖風輕輕拂過托托的臉頰。

所以啊……薩爾瓦多的老嫗曾經對托托說過：

所以就算遇見了魔物，也千萬不可以出聲喔。

就算魔物開口和妳說話……

也絕對不能回答。

（是　什麼　人？）

意識到這個聲音時，托托忍不住膝頭一軟，跌坐在地。

確確實實聽到了，那低沉渾厚彷若呻吟的嗚咽，又像是遠方傳來拉長了聲音的狼嚎。

托托的身體因恐懼而痙攣。臼齒喀噠作響，流出冷汗。

（妳是　什麼　人？）

詢問聲中帶有某種物理性的壓迫襲向托托。

（——薩爾瓦多。）

就連這個姓氏，聽起來都像詛咒一般。

托托顫抖著用力閉上雙眼，緊緊摀住耳朵。祈願只要什麼都看不見，就真的什麼都沒有了。

聲音問：

（妳　有　耳朵　嗎？）

不可以回答，絕對不能回答他。

魔物在找耳朵。為了得到一副完整的身軀，也為了對封印自己的薩爾瓦多進行復仇。

（妳有耳朵嗎？有耳朵嗎——）

魔物不停追問。看不見他的身影，就只有聲音，他的聲音不停追著自己。

托托就算想逃也逃不開，也沒辦法呼喊。只能蹲在原地不停顫慄發抖。

（把　耳朵　給我。）

亟欲得到耳朵的魔物所發出的聲音，猶如挾帶了狂風的暴風雨。

但這個時候，突然有個聲音竄入托托耳裡。

（媽媽……在哪裡？）

那的確是魔物的聲音沒錯。但他喊著媽媽的聲音，卻是全然不同的語調。

好似迷失了方向，有些怯懦、需要有人伸手幫他一把。

托托忍不住抬起頭，開口問道：

「你在……找媽媽？」

那只是托托無意識的輕喃，但這句疑問卻在黑暗中造成令人驚訝的迴響。

糟了！當托托這麼想的時候，一切為時已晚。

騷動不已的黑暗彷彿擁有自己的意識般——

（找）

（到）

（妳）

（了）

下一秒，有「什麼東西」輕輕撫上托托的耳朵。

撕裂般的悲鳴從托托喉間按捺不住地逸了出來。

鬆手任意識散去的瞬間，最後在黑暗中閃耀的是——

水藍色的，美麗光芒。

感覺世界的嘈雜愈來愈誇張，托托緩緩睜開了雙眼。

「托托！托托！」

搖晃托托肩膀的這隻手，來自她的母親。但托托感覺得到，這跟每天早上媽媽叫自己起床時的感覺全然不同。

有什麼地方不一樣了。

到底是哪裡變得不同了？

「托托，妳沒事吧？認得出媽媽嗎？」

沙沙沙，媽媽雅麗的聲音裡混入了一些雜音。簡直就像站在漫天塵埃中說話一樣。

話說回來，自己到底是睡在哪裡啊？陌生的寢具觸感讓托托感到困惑。

她用盡力氣吐出聲音。

「媽、媽……？」

「啊啊，托托，真是太好了！」

雅麗隨即激動地將她摟進懷裡。一旁的父親也總算放下心中大石似地呼了一口氣。

（好吵喔。）

躺在母親的懷裡，托托不由得這麼想。明明被這麼溫柔地擁抱著，但率先竄上心頭的卻是這樣的想法。並非拒絕，只是……

（到底怎麼回事啊？這個世界變得好吵喔……）

有好多好多的聲音。好多聲音不停傳進耳朵裡，就像同時在耳邊聒噪不休般。像是沙塵暴，又像是水波一般。雖然知道這些雜音都是人與人之間的對話，但其中混雜了太多異國語言，托托都快搞不清楚他們到底在說什麼了。

就連被擁抱的感覺都有點怪怪的。頭雖然安穩地枕在媽媽胸前，但好像……有什麼東西「應該存在，卻消失了」——

「托托醒了嗎？」

房間入口傳來詢問聲。

「尊師大人！」

雅麗慌張地鬆手放開托托，整了整自己的儀態。

步上前來的是一個老人。他身後跟著好幾名魔法師，托托曾在祭典的席位上遠遠眺望過這位老人。但當時隔了好一段距離，托托只能遠觀。老人有一把長長的鬍鬚，和一雙凹陷的灰色眼瞳。

他是統領嘉達露西亞王國的魔法師集團「薩爾瓦多一族」的長老。

「尊師大人？」

「托托，妳還好嗎？」

尊師淡淡地開口，以低沉嘶啞的嗓音問道。

托托求助似地抬頭望向雅麗，雅麗便壓低聲音對她說：「要好好回答喔。」

雅麗發出的明明是耳語般的輕聲，但托托卻覺得她好像附在耳邊大吼大叫似的，連腦子裡都產生了迴響。

「我、我沒事……」

雖然頭昏腦脹的，但也只能擠出這句話。托托皺著一張臉囁嚅著。

「沒有哪裡覺得怪怪的嗎？」

有如風聲般的各種囁嚅耳語震動著耳膜。

托托難耐地想抬手摀住耳朵，當掌心貼上頭部兩側時，她總算發現了。

「！」

空空的。

原本該在的東西，「不見了」。

「托托啊……」

尊師緩緩開口，托托的父母也隨之露出沉痛的表情。

「尊師大人……」

托托的語氣有些恍惚，愣愣地出聲道：

「托托的耳朵被吃掉了嗎？」

沉默片刻，尊師靜靜點了點頭。

（啊啊。）

啊啊，原來如此——托托心想。會感到震驚是當然的，但是，托托其實覺得無所謂。當然不是完全無所謂，但總覺得會有這樣的結果是很理所當然的。原來一切都不是夢啊！

原來自己的耳朵真的被吃掉了。

因為，這也是應該的嘛，誰教托托「回答」了那個「魔物」呢。然而——

「尊師大人，托托的耳朵雖然被吃掉了，可是卻聽得很清楚耶，這是為什麼啊？」

托托認為，既然耳朵被吃掉了，照理說應該什麼聲音都聽不到才對。被吃掉耳朵的自己好像留下一個窟窿，傳進窟窿裡的聲音音量是以前還有耳朵時所無法比擬的。

聽托托說完後，尊師布滿皺紋的苦惱臉孔又再次頷首道：

「啊啊，果然變成這樣了。是因為殘留了阿貝爾達因的魔力吧，妳和他或許已經產生『連繫』了。」

「阿貝爾達因？」

那是托托從沒聽過的名字，但這個名字卻在胸臆間鼓動著。雖然不知道為什麼，但就連指尖都泛起一陣酥麻感。

「尊師大人，托托她沒事吧？」

站在一旁的雅麗擔憂地出聲。尊師對隨侍在側的魔法師下達了一道指令：

「把封印布拿上來。」

話音剛落，在一旁待命的魔法師隨即恭敬的遞上一塊布巾。

尊師接過豔紅的布巾，像是遮掩般覆住托托的耳朵，在下顎位置打了個結。

「啊……」

那些毫不間斷的噪音瞬間消失，就像過去一樣，托托的世界又再度恢復了以往的寂靜。

然後，尊師以判罪般的莊嚴口吻向托托宣判道：

「托托，妳聽仔細了。妳闖進了封印的房間，被嘉達露西亞的食人魔物吃掉了耳朵。因為如此，現在妳的耳朵有魔力棲宿著。」

這些沉重的話語不只是說給托托聽的，同時也是在向周圍的人們宣告：

「現在的妳，和食人魔物是相通的。」

啊啊，雅麗發出一聲驚呼。

那是混合了絕望與恐懼、看透與悔悟的一聲驚呼。
看媽媽對眾人低下頭，托托也開口說了聲：「對不起。」但托托其實不懂自己到底為了什麼事道歉。是因為闖進了那個被封印的地方嗎？又或者，是因為自己回應了魔物的聲音呢？
「不。」
尊師靜靜地搖了搖頭。
「不能把錯都怪到這個孩子身上，沒注意到封印已變得薄弱不堪的我們也有責任。那東西也被封印數百年了，在事情變得一發不可收拾之前，得重新施加更強韌牢固的封印才行，想來也算是幸運吧……阿貝爾達因的封印已經完成了嗎？」
最後一句話，問的是站在他身旁的魔法師。
「是。配合原本的封印，所有的魔法道具都已經更新了。」
「真名的效用還在嗎？」
「目前還沒有問題。」
得到魔法師沉聲的回應後，尊師靜默地頷首道：
「好，那就繼續監視吧，可千萬別把視線從他身上移開。如果讓他得到新的真名，再度跑到外面的世界，可就不得了了。」

「屬下明白。」

接著，尊師轉頭看向托托。

「讓身體好好休息吧。待狀況穩定下來後，我再來決定妳的處分。」

年邁的魔法師目光是如此地犀利嚴峻，幾乎要貫穿了托托的眼瞳。

留下這句話後，尊師什麼都沒說就離開了。彷彿該交代的事情都交代完了一樣，走出托托所在的房間。

直到尊師的背影走遠了，爸媽仍沒有抬起頭。於是托托問道：

「處分是什麼啊？」

茫然不解的托托問出了心底的疑問。

但母親只是一臉沉痛地望著女兒的臉孔。

父親蹲了下來，與托托四目相交，緩緩開口：

「托托，妳聽好了。現在的妳和食人魔物已經產生連繫了。要是再繼續待在這裡，可能又會發生什麼不好的事。」

食人魔物、連繫、處分。

這些詞彙都好困難，其中所包含的意思更是艱澀。但是，托托了解父親的意思。

雖然聽不懂他們到底在說什麼，但托托明白雙親想傳達的意圖。

也就是說……

也就是說……

啊啊，原來就是「這麼一回事」啊。

托托因抽噎而扭曲了臉孔，無聲地落著淚。

父親雖然把女兒擁進懷裡，但托托卻沒有依偎在溫暖胸懷的渴望。

被封閉起來的耳朵空洞裡——

似乎聽見分離的腳步聲正悄悄接近。

托托被帶到王宮的客房，她必須在這裡生活一段時日。

她被禁止進入神殿，也禁止參加魔法課程。只能待在華麗的房間裡，過著徹底被監視的生活。父親和母親雖然每天都會來和她說說話，但托托卻對他們兩人採取視而不見的態度。

連托托自己都不明白拒絕他們的理由。

但是，如果再過不久就必須分別——那麼，托托連話都不想再和他們多說一句。

在托托被帶到這個房間過了幾天後，一如往常來訪的父親身後，出現了穿著陌生服飾的來客。

有著黑色眼睛、黑色頭髮，全身上下散發異國風情的男子。他對托托招招手。

「妳……好，初次……見面。」

不流利的招呼斷斷續續從他口中說出。

「托托，妳聽爸爸說。這個人啊，是從遙遠的島國乘著貿易商船遠道而來的，而且他對魔法也很有興趣……從他口中可以聽到許多有趣的故事呢。」

父親很擔心托托會將自己封閉起來，所以才特地帶這個異邦的旅人來。

托托的父親用不太標準的異國語言向異國男子說了些什麼，好像是在告訴他關於托托的事吧。

從男人口中逸出的言語聽起來就像不可思議的咒語，托托的一雙眼睛忍不住直盯著那個男人。如果耳朵還在，她一定也會豎耳傾聽他所說的每句話吧。

不久後，男人又轉而面向托托。

「妳……好，初次……見面。」

果然還是那笨拙不流利的招呼。

托托凝視眼前的男人，沉默了好一會兒後，才終於顫抖著微微張開嘴唇：

『……你好，初次見面。我是薩爾瓦多．托托。』

從托托嘴裡說出的話，讓來自異國的旅人、和托托的父親都不禁瞠大了雙眼。

「托托，妳怎麼……會說出那些話呢！」

父親會這麼逼問也無可厚非。因為從托托嘴裡說出來的，竟是那來自遠方國度的旅人的母語。

托托不懂父親為什麼要這麼問？她只是在聽到他們兩人交談後，突然就像濃霧散去，陽光重新照耀了大地般——「理解」了這個語言。

『令嬡有學過我國的語言嗎？』

異邦人轉頭詢問托托的父親。但是，父親一時之間根本答不出來，只能對他搖搖頭。

『我是第一次聽到這種語言啊，不知道為什麼……反正我就是會說嘛。』

托托代替父親答道。稚嫩的童音一如往常，說的卻是其他國家的語言。旅人轉頭面對托托，對她露出一抹溫柔的微笑。

『真是個聰明的小姑娘，妳彷彿擁有了砂之耳呢。』

『砂之耳？』

『在我的國家裡啊，擁有妳這樣的能力就叫砂之耳唷。就像砂土吸收水分，不管什麼語言都能輕而易舉地理解，是很特別的耳朵。』

「托托……他在說什麼？」

沒辦法完全聽懂異國語言的父親，轉向托托詢問。

「他說托托的耳朵是很特別的。」

聽完托托的答覆，父親露出一副不知該如何是好的表情。單方面對旅人說了句「托托就麻煩你了」便離開房間。

『……妳爸爸是怎麼了呀？』

目送托托父親的背影離去後，旅人不解地對托托詢問。

但托托只是低著頭，輕聲回答：『因為托托是壞孩子，所以才變成這樣。』

『唔嗯……』

男人來到托托身邊坐下，臉上依然掛著溫柔的微笑。

『如果不嫌棄，可以讓我知道事情的原委嗎？』

托托輕輕點了點頭，然後慢慢地開始說出事情的始末。要托托敘述故事實在有點強人所難，再加上使用的是剛學會的東方語言，但旅人很有耐心地傾聽。

說完食人魔物的傳說後，旅人說：『我在旅程中也曾聽過這個故事。』

『真的嗎？』

托托抬起頭追問。

『是啊，是在遙遠的東方國度聽來的。那個國家流傳著一則「無耳芳一」的故事喔。』

『芳一？』

『沒錯，芳一——這是一個人的名字。』

旅行商人瞬間化身成吟遊詩人，開始對托托述說起無耳芳一的故事。那是個忘了對耳朵施法，所以耳朵才被魔物吃掉的可憐僧侶的故事。和托托現在的狀況可說是極其相似，卻又完全相反。就跟至今為止所有的食人魔物所做的事一樣，那也是段非常不可思議的故事。

『好厲害喔。沒想到隔了一座大海的遙遠國家，居然也會有這樣的故事啊！』

托托感動地說。看著她臉上的表情，旅人也鬆了口氣似地微微一笑，又接著說出許多來自異國的傳說。

那全是托托不曾聽過的故事。以貿易聞名的嘉達露西亞隨處可見來自異國的物品，但托托從不知道原來住在遠方的人們所過的生活，居然也那麼引人入勝。

快樂的時光總是一下子就過去了。男人掏出懷錶看了看，隨即站起身來。

『我好像待太久了。托托小姐，今天久違地用我的母語盡情說了這麼多話，真的令我很開心。』

『托托也覺得很開心！』

看托托露出開朗的表情這麼說，旅人臉上也漾起笑容。

『我還會在這個國家待一段日子，有機會的話再見面吧。』

托托本想回他：『一定喔！』但馬上意識到——

這樣的約定，根本一點意義也沒有。

『……我們一定不會再見面了。』

垂下視線，說出這句話的托托表現得有如大人般成熟懂事，讓旅人深感詫異。

『……擁有砂之耳的聰穎姑娘呀，像妳這般未來充滿無限希望的孩子，為什麼會如此悲觀呢？』

男人並沒有從托托的父親口中、或從托托口中得知全部的實情，只能露出哀悽的表情如此問道。

『因為托托馬上就會被逐出薩爾瓦多家族了。沒有關係，我已經很清楚了。』

托托露出死心的表情回應道。然後，她緩緩抬起頭來面對眼前神色複雜的旅人。

她開口說起話來。這次她說的不再是異國的語言，而是打出生開始就耳濡目染，深知該怎麼使用的嘉達露西亞語，臉上還掛著淡淡的微笑。

「……可是，我還有個非去不可的地方。」

在還背負著薩爾瓦多之名時……

有件事，她非得去完成不可。

當晚，托托偷偷溜出房間。趁著黑夜，鑽小洞潛入神殿中。

托托雖是個吊車尾的沒用孩子，但她生在薩爾瓦多，也在薩爾瓦多的教養下成長。小孩子其實知道很多事情，對於這座歷史悠久的古老神殿，每個小地方都知之甚詳。

身上披著深色外套，托托拚命向前奔跑。

她的目的地只有一個。

就是迴盪著寂靜的神殿書庫。

壞掉的窗戶依舊沒有修繕，鬆了口氣的托托偷偷爬了進去。

托托又再次站在那扇門前。

靜靜解下覆住耳朵的封印紅布。在寂靜中確實存在的嘈雜聲，非常清晰地傳進托托的耳中。

當然，還有那不斷呼喚托托的聲音。

「喂！你在呼喚托托嗎！」

托托揚聲喊道。

為了讓門的那頭也能聽見。

「我來見你了。這是我最後一次到這裡來了，魔物先生，會吃人的魔物先生！」

眼前突然有火花迸散。

固守大門的結界彷彿從內側被破壞般，門上的鎖頭裂開了。

周圍的精靈發出悲鳴，這些聲音當然也都傳進了托托耳裡。但是，精靈們的哀鳴聲沒一會兒又被另一種強烈的壓迫感屏除了。

托托把紅布蓋回耳朵上。因為實在太吵了，只好再把耳朵封閉起來。然後，她伸出顫抖的手推開全新的門扉，發出「嘰」的一聲。

又是那寬闊、充滿無限黑暗的空間。但是，托托確實聽見呼吸的聲音。

為帶來的油燈點上火。燃燒的火苗明明有如稚兒般顫抖搖晃，但不知為何能像奢華的水晶吊燈般照亮了幽暗的空間。

映照出的是一座堅固的牢籠。如玻璃般透明閃耀著，以莫大魔力構築而成的封印。

而牢籠的那頭——

有個飄浮在空中的淡淡人影。

（是個，男孩子？）

他看起來年紀和托托差不多大，或許只稍微比她大一點吧。

淡褐色的肌膚。

宛若玻璃珠的水藍色眼瞳，其中一隻眼睛下方還有緊連的三顆黑痣。

然而，只有那對耳朵，是似曾相識的柔軟白皙。

擁有少年外表的「嘉達露西亞的食人魔物」扭曲了嘴唇，勾起一絲獰笑。

「來……告訴我妳的第二個名字吧。」

——這裡是嘉達露西亞王國。

世代傳承了數百年，薩爾瓦多一族所自傲的魔法歷史，即將為未曾出現過的契約開啟新的一頁。

他是在問我的名字吧，托托心想。

「我、我是……薩爾瓦多．托托……」

托托擠出嘶啞的聲音回答。她的心跳快得像在亂敲鐘似地，也許是對於傳說中的魔物、也就是食人魔物感到害怕的關係，而那過度強烈的害怕，已近似於一種興奮。

可是聽到托托的回答後，魔物卻不悅地挑高了眉。

與其說是端正，更透露出驕傲自大性格的水藍色眼瞳正狠狠瞪著托托。

「妳是笨蛋嗎？」

還未變聲的男聲指責托托：

「被問到名字時，有哪個傻瓜會乖乖說出自己真正的名字啊？要是現在我叫了妳的名字，妳的靈魂就屬於我了唷。我是無所謂啦……不過我都被抓起來了，就算得到妳的窮酸靈魂也沒什麼好開心的就是了。」

像要看穿托托似的，魔物瞇起一隻眼睛，隨即又自言自語地吐出一句：「況且妳身上也沒有耀眼的光芒嘛。」

聽他這麼說，托托不由得感到困惑。既然人家都這麼說了，那自己該怎麼回答才好呢？

對於托托的愚笨顯露出輕蔑的魔物再次開口。

「告訴我妳的第二個名字吧。」

第二個名字。

對了，最近上課時老師不是才教過嘛。要指使精靈或魔物時，要報出的是「代表自己的名字」，而不是自己「真正的名字」才對。

名字是鎖鏈，也是靈魂的記號。不只限於魔法，所謂的真名是不能輕易示人的。

托托的第二個名字，也就是她的外號。

真要說的話，托托也只有那個外號了。

托托蠕動著喉頭倒吞一口氣，緩緩開口道：

「——我是……薩爾瓦多的無能者。」

咬著下唇說完後，魔物臉上的笑意也加深了。

「這個名字還真是傑作啊！薩爾瓦多的無能者啊！」

哈哈大笑的魔物戲謔地叫著托托的外號。

他銳利的目光同時也睥睨著托托。

「妳來這裡是想做什麼？」

怯於那幾乎讓人感到痛苦的犀利視線，托托不由得向後倒退了幾步。

來找魔物的理由——哪有什麼理由。

因為……你一直……在呼喚我啊……

「我話說在前頭。妳千萬別會錯意了，我可沒有呼喚妳！」

彷彿看透了托托的心思，魔物毫不拖泥帶水的斷然說道：

「我沒有呼喚妳。只是因為我們分享了同一具身體，所以才產生共鳴罷了。如果妳是抱著什麼莫名其妙的期待，我勸妳還是快滾吧——又或者……薩爾瓦多的無能者啊，妳是想來找我拿回妳的耳朵嗎？」

聽他這麼說，托托這才抬眼看向魔物的耳朵。那對柔軟白皙的耳朵，與魔物淡褐色的肌膚一點也不相稱，放在他身上更顯得突兀。

那是托托的耳朵。

若問托托是來要回自己耳朵的嗎？似乎又不是那麼一回事。

那對耳朵怎麼樣都無所謂了。就算魔物真的把耳朵還給托托，也改變不了她是個無能者的事實。

——應該也沒辦法免除遭到薩爾瓦多放逐的命運吧。

那麼，托托想要的究竟是什麼呢？

真要說的話，托托只是想見他一面罷了。

趁著托托還能到這個地方來時，趁她還冠著薩爾瓦多之名時。

托托想見魔物一面。

只是這樣罷了。

「食人魔物先生……」

托托顫抖著揚聲發問：

「你會怎麼樣呢？」

「什麼——？」

挑起一邊眉毛，魔物反問。

「你會一直被關在這裡嗎？」

這個問題，讓魔物的視線瞬間變得冷冽。

他的眼眸彷彿火焰般晃動。

「……這種事情妳還敢問我？還不是你們薩爾瓦多害的！」

像是要對這充滿憎恨的指責做出反彈般，托托忍不住大喊：

「托托馬上就要被薩爾瓦多捨棄了！馬上就不再是薩爾瓦多的一員了！魔物先生、魔物先生你要一直孤孤單單一個人待在這麼寂寞的地方嗎？」

不管是昨天、今天、明天或是後天。

他都得待在這麼黑暗、冰冷，又孤獨的牢籠裡。

被戲稱是薩爾瓦多無能者的托托，甚至還不夠格成為一介魔法師，若說她面對傳說中的食人魔物卻完全不感到害怕，那是騙人的。

在還很小很小的時候，家人就不斷告誡她食人魔物有多麼恐怖，對食人魔物的恐懼早就深深刻劃在心頭，這是薩爾瓦多一族恐懼的記憶。

但是，托托卻期望能再見魔物一面。她是真的渴望，渴望能再見魔物一面。

魔物說，那不過是種共鳴。或許他說的沒錯，可是托托的心確實被撼動了，連心都產生了共鳴。

這個強大的魔物，他體內深沉、悲哀的孤獨，讓托托的心產生了共鳴。

也許，托托不過是覺得可憐；也許，托托不過是對魔物寄予同情。

但是，托托卻無法不前來見他一面。

食人魔物吃掉了托托的耳朵。那個時候，他或許也將托托的靈魂咬走了一小塊吧。

魔物對托托的話感到很疲憊似地輕嘆了一口氣說：

「……薩爾瓦多的無能者啊，妳自己看看刻在那裡的文字吧。」

魔物伸出細細的手指指了指囚困他的牢籠正面。托托走近細看，但上頭寫的是一堆複雜的魔法文字，托托根本無從解讀。

「？」

托托不解地歪頭，魔物便開口說道：

「阿貝爾達因——是這個身體真正的名字。」

「阿貝爾……達因……」

托托聽過這個名字。尊師大人曾經提過，所以托托記得。

魔物點了點頭。

「我以前並沒有名字。在我還沒有名字之前，就已經被封印了。阿貝爾達因這個名字，是這具身體的主人，被我吃掉的那個人類的名字。」

名字是鎖鏈、也是記號，沒有名字就表示其存在相當薄弱。為了干預這個世界，才需要一個名字來證明自己的存在。

過去，魔物曾吃掉一名少年。

魔物得到了少年的身體。

「我雖然『不是』阿貝爾達因，但我除了阿貝爾達因之外，『什麼都不是』。」

飄浮在半空中的身影有些倦怠地托著腮，被囚困的魔物喃喃道：

「這就是我無法逃出這座牢籠的理由。」

對於以單純魔力所構成，也因此而被名字束縛住的魔物而言，真名的力量是如此強大而不可抗拒。

「可是——」

「幹嘛？薩爾瓦多的無能者啊，妳還想說些什麼？」

雖然有些猶豫，托托還是開了口：

「可是，你不也吃掉了托托的耳朵嗎？既然這樣，你應該……就不完全是『阿貝爾達因』了吧……？」

聽托托這麼說，魔物不禁扭曲了嘴唇發笑。那是近似嘲諷的笑意。

「妳說的話還真是有趣啊，明明只是薩爾瓦多的無能者！」

魔物的讚許決不是出自真心，托托卻向他走近了一步。

「喂，該怎麼做，才能讓你從這座牢籠裡出來呢？」

眼裡閃著光芒的托托這麼問，但魔物的目光立時變得凌厲，警戒地瞥向托托。

「……妳在期望什麼？」

對薩爾瓦多一族而言，傳說中的食人魔應是他們的仇敵才對。要不至少，他們對魔物而言也只是復仇的對象。魔物不解，這個人類在胡說什麼啊？

就算能夠解開封印，面對一個食人魔物，她到底在期望什麼？

「我們一起走吧。」

托托說。身體貼在玻璃牢籠上，對飄浮在半空中那個小小的、卻極其強大的魔物要求。

「我不想一個人，那太寂寞了。你跟我一起走吧，也是孤單一人的魔物先生。」

托托並不了解，她這個願望有多麼的奢侈。她也不了解，自己訴說心願的對象，又是何等的存在。

因為，她實在太寂寞了。害怕寂寞的少女，在被封印於黑暗中的孤獨食人魔物身上，看到了自己的影子，並希望向他祈求救贖。

正是這樣愚蠢的行為。

「……真有趣。」

有些危險的笑容，浮現在魔物臉上。

「……好啊。」

不過是一時的心血來潮。

只是短短一瞬、剎那間稍縱即逝的玩興罷了。

無關未來如何，一切都僅止於戲言。

「我就給妳一個機會吧，薩爾瓦多的無能者啊！」

魔物呼喚著托托的第二個名字。

他說：

「為我命名吧。」

魔物俯視著托托，臉上揚起深沉的笑容。

沒想到他會這麼說，托托驚訝得瞠大了紫羅蘭色的眼瞳。

她並不知道，為他人「命名」是比「襲用故名」更高階的儀式。

但是，小小的少女在黑暗中微微一笑。

接著說：

「那麼，你就叫芳一吧。」

彷若銀鈴般輕脆高昂的音調。

她如此宣示道：

「你就叫芳一吧，我覺得很適合你。那是很遙遠、很遙遠的某個國家裡所流傳的故事喔。」

她所說的話也像戲言般，只是基於有趣的玩笑話。

「芳一？」

陌生的發音，教魔物詫異不解地蹙起眉頭。

「這麼奇怪的名字……」

正想拒絕冠上這種怪名字時——

某種美麗的響聲竄入了耳膜。

「……什麼！」

魔物屏住呼吸。

水藍色瞳眸不由得睜大。

玻璃牢籠在眼前逐漸崩塌，刻著阿貝爾達因之名的囚籠彷如糖粒般分崩離析。

肉眼看不見的鎖鏈溶解在黑暗之中。

歷經了數百年終於重獲自由，魔物卻只能愣愣地飄浮在半空中。

「難不成……」

就像壞掉的人偶娃娃般，食人魔物動作僵硬地看向托托。

托托同樣也露出一臉錯愕的表情，張大嘴抬頭望著魔物。

同時，以魔法建造而成的牢籠碎片仍在空中飛舞。

如果嘉達露西亞會下雪，托托一定會認為這幅景象好像是下起了皚皚白雪；只可惜嘉達露西亞並不會下雪，托托只能把這一幕當作美麗的雨景深深收藏在心底。小小的托托並不了解，這一幕美麗的崩塌代表了什麼意義。

「命名」的儀式已經結束了——魔物花了好幾秒的時間，才意識到這個事實。

在好久好久以前，剛出生不久的食人魔物，曾吃掉一名少年。留下戴著除魔耳飾的那對耳朵，少年將他的身體和靈魂都獻給了魔物。於是，除了耳朵之外，魔物得到了「阿貝爾達因」的身體和一切。

然而如今，魔物吃掉了另一個少女的耳朵。

分了一對耳朵給他的少女——

「芳一？」

也為魔物取了一個「真名」，一個全新的、真正屬於他的名字。

只能說是奇蹟。那是原本絕對無法成真、只可能出現在夢裡的幻想。

「命名」原本就是為了讓擁有強大魔力的魔物，成為自己麾下之將所進行的儀式。身為傳說中的魔物，他所擁有的魔力哪是托托這個薩爾瓦多的無能者比得上的？不可能成功的，怎麼可能這麼輕易就成功呢？

除非，「那個名字與靈魂異常地契合」。

這個世界上若真有奇蹟，那麼這一晚所發生的事，絕對符合「奇蹟」這兩個字所代表的意義。

此刻，食人魔物正面臨了二擇一的選項。

要不就是屈服於托托。

歸順於為自己命名的魔法師，成為使魔，將自身的魔力完全奉獻給主人。

要不，就是現在立刻殺了這個為自己命名的少女。

不是將她啃食殆盡，而是殺了她，讓她永遠消失在這個世界上。

如此一來，他才能得到「真正的自由」。

這座玻璃牢籠已經崩塌了，不會有人知道他的真名。由魔法師所取的真名，能夠藉由魔法師的引導發揮出更大的力量。

沒有任何人知道他的真名，再也沒有比現在更好的機會了。只要一舉殲滅可憎的薩爾瓦多一族，並吞噬他們的力量，就好了。

沒有什麼契約需要遵守。

他也無須對托托卑躬屈膝。

但芳一並沒有做出選擇。

他輕盈地降落在托托面前，凝視著那雙紫羅蘭色的眼眸。

緩緩開口問出長久以來的疑惑：

「喂……ＭＡＭＡ，是什麼啊？」

那是略顯嘶啞，卻沉靜的聲音。

那是占據心頭已久的強烈疑問，深深沁染了靈魂的不解之惑。

好久好久以前，他曾經吃掉一名少年。彷彿靈魂的嘶吼般，直到臨死的前一刻，還殘留在少年心底的思念——

（MAMA，妳在哪裡？）

熱烈灼痛的愛戀……

心心念念渴望的……

那個唯一的、溫柔的某人。

芳一的疑問，讓托托臉上漾出甜甜的微笑。

在黑暗中聽見的最後一句話，果然不是自己聽錯了。想到這裡，托托不禁笑了。

耀眼奪目的笑容掛在臉上，托托開口說：

「那麼，就讓托托來當你的媽媽吧。」

滿溢慈愛的一句話代替了回答。

（啊啊……）

原來是這樣啊，他——芳一想著。

（啊啊，原來是這樣啊。）

原來，媽媽就在這裡啊……

於是，他靜靜對少女低下頭。

委身在她嬌小身軀的小小雙腳下。

那個夜晚，少女得到了傳說中的食人魔物，而魔物得到的是，自己所要服從的主人，還有只屬於他一個人的，小小的媽媽。

在過去，要吞噬人類這件事情對魔物來說，就像呼吸一樣理所當然。

當他從天地的交界處，這個世界最深沉的黑暗溝渠中出生時，還沒有任何形體，有的只是濃稠的高強魔力。不對，不該說「他」，應該用「那個」來稱呼比較正確。「那個」必須先吃掉某個東西，才能得到存在於這個世間的形體。

在嘉達露西亞港口，他發現了被套上鎖鏈的少年。

他的體內蘊藏著強大的魔力，但沒有任何人、甚至連他自己都沒發覺這一點。

『殺了我。』

少年流下眼淚，向魔物懇求。

他是個被人當成秤斤論兩買賣的奴隸而送上船來到此地的少年。

少年有一身深褐色的皮膚。

『媽媽她……我媽媽她……』

少年說，他媽媽病倒了，在他的面前被殺害了。

『讓我跟媽媽見面，帶我去找媽媽，求求你……殺了我吧……』

魔物為他達成了心願。

吃掉他的手、吃掉他的腳，咬上他的脖頸。

溫熱的血液濃郁而甜美，魔物聽見肌膚被撕裂的聲音。

捕食讓他感到歡愉，卻有個異常的東西打斷了魔物進食的樂趣。沒辦法啃食殆盡的異物來自少年的耳朵，他的耳朵上戴著一只鮮紅的除魔耳飾。

那是少年的母親送給他的耳飾，沒想到竟擁有意想不到的強大力量。拒絕成為剛形成不久的身體所啃蝕的對象。

所以，魔物得到了不完整的身體，和「阿貝爾達因」這個名字。

在王國的偏遠地帶出現一隻「食人魔物」。享譽盛名的薩爾瓦多魔法師們得知了這個消息，原本想將那隻食人魔物的能力納為薩爾瓦多所有，但魔物根本沒得商量，而當時派出的魔法師集團也沒有一個有足夠的魔力降服他，與他的對戰實在是場災厄。

放棄降服魔物的念頭，這一次魔法師們決定出征討伐。

魔法師們用盡手段，總算查出少年的名字叫「阿貝爾達因」；他們使用了真名咒術，終於成功將食人魔物封印在神殿深處。

刻印了真名的牢籠彷彿是床搖籃，引誘著阿貝爾達因陷入永恆的沉眠中。

少年的身體和魔物的靈魂漸漸混合、相融、牽引出更多情緒。

魔物感到憎恨，也覺得飢渴。但比起這些，對潛藏在靈魂深處的殘香更深深渴求著。

（MA、MA。）

從未見過面的某人。

我好想……好想見妳。

「不准動！」

威嚴的聲音響徹神殿深處。手中握著點燃火苗的手提油燈，蜂擁而至的是一群薩爾瓦多魔法師。

食人魔物的封印已解開一事，以最快的速度傳入尊師耳裡。哪管現在是三更半夜，一大群魔法師們聚集到神殿。

「托托！」

「媽媽。」

那群人之中傳來一聲熟悉的呼喚，令托托不由得顫抖著肩膀回過頭。

托托的父母也站在人群之中。但是，他們並沒有來到托托身邊。

輕飄飄的，原本站在托托身旁的食人魔物，芳一的腳尖悄悄離開地面。浮現在他面容上的是抹殘忍的笑意。

尊師往前踏出一步，嚴厲地揚聲道：

「阿貝爾達因，乖乖束手就擒吧！」

猶如繃緊的絲線，周圍瀰漫著一股緊張的氛圍。

而切割開這空間的，是道平靜冷凝的聲音：

「薩爾瓦多的魔法師們啊，你們到這裡來，是想做什麼啊？」

跟之前沒什麼兩樣，仍是未變聲的少年嗓音，但隱含在話語中的意志卻無比黑暗，沉重異常。

尊師下令道：

「離開托托身邊，回到牢籠裡去！」

「為什麼？」

芳一像隻鳥兒般不解地歪著頭，其實根本連問都不必問。當然，他也不需要任何回答。一切就像發生在昨天般鮮明，他可沒忘了這群薩爾瓦多的魔法師們當初是怎麼費盡心力捕捉他的。

站在芳一身旁的托托忍不住顫抖。對她而言，最害怕的莫過於眼前這群大人正露出恐怖嚇人的表情惡狠狠瞪著他們。托托知道，爸爸和媽媽一定不會再站出來保護自己了。

待尊師默不作聲地以眼神下達指令，魔法師們隨即開始詠唱魔法咒語。看著他們的模樣，芳一臉上綻滿了笑意。

「你們來的剛好，正巧我肚子也餓了呢。」

餓得足以把你們這些傢伙一根骨頭不剩的全部吃光。

芳一將手伸向半空中揮舞著，儼然把自己想像成統領樂團的指揮大師。

一名魔法師手裡的火把瞬間幻化成能噴火且擁有自我意識的大蛇，往芳一襲去。

「太慢了。」

芳一微微一笑，輕揮了下掌心，燃燒中的熊熊火球立即被吸入他的掌心中。淡褐色的肌膚就像是深不見底的黑洞。

「就算經過了幾百年，你們還是只有這種程度啊……」

芳一喃喃自語著。其間魔法師們又發動了兩、三波攻擊，但他臉上的笑意未減，正打算踢飛他們時——

「不可以！」

耳邊傳來一聲尖銳的叫喊，芳一的腳突然被拉住。

「什麼？」

從意想不到的方向襲來的衝擊，讓芳一的身體瞬間失去平衡。拉住他腳的人，是努力踮起腳尖的托托。

「妳做什麼啊！」

慌張地重新挺直身體，以指尖築起防禦。粗糙魔法構築出的防護壁彈開了襲擊而來的火矢，迸散出刺目的火光。

薩爾瓦多的魔法師們不可能因為擋在面前的少女，而停止對魔物發動攻擊。緊抓著芳一的托托流下眼淚，對魔法師們大聲哭喊：

「不可以！不可以不可以，絕對不可以！」

那些曾教導過自己的老師們，那些該敬重的大人們，還有自己的父母，他們全站在托托的面前。

「你們不可以欺負芳一！」

芳一驚愕得張大嘴。擺出一副「妳到底在說什麼啊」的驚訝表情低頭看著托托，愣愣發出一聲：

「嘎啊？」

縱使被如此對待，托托還是拚命搖頭。眼裡雖然泛著淚光，但仍是一臉堅決。

「別擔心，你不用擔心，托托會保護你的！」

托托沁出冷汗的手包覆住芳一的手，像是要阻斷自己的恐懼般顫抖、也像是要說服自己般，她開口道：

「托托會保護你的，因為，托托是芳一的媽媽呀！」

托托鬆開手，挺身擋在芳一面前，張開小小的手臂。就算沒辦法成為護衛他的銅牆鐵壁，至少也能成為保護他不受傷害的盾牌吧。

薩爾瓦多的魔法師們全都一臉困惑，食人魔物更是愣住了。

垂下肩膀，芳一搔了搔一頭銀髮，做出了這個十足充滿人味的動作後——

「妳・是・笨・蛋・嗎？」

他仔細地一字一頓分隔開來丟下這句話。從芳一口中吐出的字句並非疑問，而是確信。

「退下啦！這不是妳的工作！」

芳一認為這是不對的。這個少女不該站在自己面前，為自己張開雙臂阻擋敵人。她是他的主人啊，世界上有哪個魔法師會挺身保護使魔的？

「妳快點說啊！快點對我下命令……快點叫我守護妳啊！」

只要這麼做，他就能豁出這條命和魔法師們展開激戰。芳一知道自己不會輸，敵人是不是托托所尊敬的大人，這些事和芳一沒有任何關係。只要是想消滅他的傢伙，全都是敵人，這些魔法師都將成為他的食物。

但托托卻轉過身對芳一大喊：

「安靜一點！」

小小的拳頭用力握得牢牢的。此刻浮現在托托心中的，是從小看到大的母親身影。她必須更堅強果決才行，不能再任性下去了。因為——

「小孩子要乖乖聽媽媽的話才行！」

這句話讓芳一頓時啞口無言。托托的魔力甚至不到芳一所擁有的幾萬分之一。照理來說，他應該不會受到言靈的拘束才對。可是，芳一卻不得不遵從，因為他是托托的使魔，托托卻非他的主人——

而是他的媽媽。

「啊啊，真是的！」

芳一像個人類般猛一咬牙，丟下一句：「我知道了，隨便妳啦！」隨後，他的身影就像倒映在水面上的幻影般模糊搖晃了起來。

「咦！」

下一秒，只聽見啪沙一聲水聲，芳一就這麼消失了。就像被吸入站在一旁的托托的影子裡。

他跑到哪裡去了？托托驚訝地四下張望，一會兒後她終於發現了，伸手輕輕抓著自己的胸口。

（他在……）

在心臟旁邊。就在自己的心臟旁邊，還有另一個聲音。那股熱度好溫暖啊。

（芳一就在這裡……）

就算不見他的身影，托托也知道他仍和自己在一起。那是近乎歡喜、幾乎要逼出眼淚的欣慰發現。

因為、因為這樣，自己就不再是孤單一人了。

耳邊傳來騷動，巨大的黑影靠了過來。被大人團團包圍住的托托，更用力地攥緊抓著胸口的小手。在大人們圍起的人牆另一頭，托托看到了自己的爸爸媽媽。但她立刻就把視線從父母身上移開。

他們雖然正看著自己的孩子，臉上的表情卻因恐懼而凍結了。

「——托托啊。」

尊師出聲打破了這片沉默，覆在連帽斗篷底下的雙眼閃爍著幽暗的光芒。

「薩爾瓦多．吉歐魯和薩爾瓦多．雅麗的女兒——薩爾瓦多．托托啊……瞧瞧妳做了什麼好事！」

托托沒有回答，她不記得她曾「做了什麼好事」。

原本想大喊：「那就把我逐出家門吧！」反正是什麼都不會的無能者，只要把自己丟掉就沒事了。然而，卻怎麼也開不了口。從小到大所接觸的只有薩爾瓦多，對於外面的世界，她根本一無所知。

托托縮著小小的身體，緊緊閉上雙眼，等待這場暴風雨過去。以她的知識和所認識的詞彙，不足以在尊師面前為自己的所作所為出聲辯解。

接著是一聲深深的、深深的嘆息。

「……食人魔物『阿貝爾達因』是——」

「不是的。」

托托抬起頭，打斷了尊師未竟的話。她的身體還是縮得小小的，卻以蒼白的臉拚命壓抑著不讓自己顫抖。

有一件事非說清楚不可。

「不是的，那孩子不叫這個名字。」

托托的影子微微晃動。刻劃著確實存在的鼓動，就像心臟的跳動般。

「那孩子的名字是『芳一』。」

尊師微瞇著眼，不再言語。低頭看著毫不畏怯說出這句話的托托，尊師像在思索什麼般沉默不語，半晌過後，他才背過身幽幽開口道：

「……把托托押進懲罰房。看來，有必要開個會好好討論一下了。」

懲罰房是間有著鐵門的房間，也是神殿裡的牢房。在大人們的帶領下，托托安靜地跟著前往。

臨行前，托托曾和母親對視了一眼。

在雅麗蠕動嘴唇想說些什麼之前，托托已經先別開視線。小小的手掌用力扯住了有芳一棲息的胸口。

懲罰房裡相當寒冷，白色的床鋪雖然乾淨，卻帶有冷冰冰的拒絕意味。

鐵門被重重關上，門的那頭傳來上鎖的聲音，豆大的淚珠也從托托的眼眶滑落。

「嗚啊……嗚嗚嗯……」

托托癱坐在地，伸手覆住小小的臉孔。她沒打算抑制嗚咽，一個勁地號啕大哭。因為叫不出任何人的名字，只好專注在哭泣這件事上。這些眼淚沒有理由，也許是覺得害怕，也許是感到安心，也或許是因為「被拋棄」的孤獨感所致。

「噫、噫嗚、嗚啊啊啊啊……」

嚶嚶啜泣聲充斥了狹小又冰冷的房間。哭著哭著，忍不住就想睡了。再睜開眼睛時，如果一切都沒發生過該有多好，只要等著媽媽來叫自己起床就好了。托托並不為自己的所做所為感到後悔，只是這個房間未免太過冰冷，刺痛了托托小小的身軀。

把臉埋進床裡，只能一個人孤孤單單地垂淚哭泣——托托是這麼想的。

「……妳很吵耶。」

要說是囁嚅卻沒有那麼輕柔，說是叫喚聲音卻也不果斷，那是有些無奈的語氣。

眼睛和臉頰、連鼻子都哭得紅通通的托托一抬起頭，就看到盤腿坐在床鋪上的芳一。

他倦懶地支著臉頰，瞇起眼睛瞥向托托。

「芳一……」

前一刻還沉浸在幾乎打垮自己的孤獨無依感之中，芳一的突然出現，讓托托嚇了好大一跳。她深吸一口啜泣，抹去殘雪般流不止的眼淚。

「為什麼……」

「什麼為什麼？為什麼？為什麼妳會覺得我不在呢？」

傾斜了上半身，他發自內心不解的詢問：

「喂，妳為什麼哭啊？媽媽。」

明明有我在啊。

感覺不出他有半點想安慰的意思，因為芳一表現得像是迫不及待吵著要糖吃的小孩，托托只好吞回已經到嘴邊的嗚咽。

托托並沒有回答他的問題，只是不停顫抖。芳一環視了懲罰房一眼，輕喃道：

「好爛的結界。」

接著又把目光放回托托身上。

「要走嗎？」

芳一微偏著頭詢問。

「咦……」

「我是說！」對於托托茫然不解的反應，芳一有些焦躁地喊出：

「妳要不要離開這裡啦！這種薄得像紙的牆壁，我只要兩秒鐘就可以把它吹倒了，當然這裡的結界也是囉！」

哼哼哼，從鼻間哼出一口氣的芳一，自信滿滿地說著。不過托托倒是從頭到尾都沒有感受到芳一口中所說的結界。

「妳不是說過要一起走嗎？」

托托的確是對芳一說過「我們一起走吧」這句話。但托托當時的意思是，希望他能和被逐出薩爾瓦多的自己一起離開，並不是指他們有什麼地方可去。

就算芳一跟在自己身邊，她也無處可去呀。

「……沒有關係……」

兩隻腳晃啊晃的把鞋子踢掉後，托托爬上床注視著盤腿而坐的芳一，輕聲道：「只要芳一肯陪在我身邊就好了。」

托托的這句話，讓芳一不覺瞠大了水藍色眼瞳。但下一秒他又不滿地嘟起嘴：

「真是無趣。」

這種說話方式真的和討厭無聊的同齡男孩沒什麼兩樣，托托覺得好不可思議，不由得深深注視起芳一鬧彆扭的側臉。

托托向他搭話。

「……芳一是托托的使魔嗎？」

「不然還會是什麼啊。」

為了確認而再次詢問，芳一也一如往常擺出冷淡的態度與蔑視來回應。好像作夢一樣喔，托托心想。沒想到自己居然也能得到像「使魔」這種高等的隨從，原本以為這一輩子都不可能做得到呢。

「不管托托說什麼，芳一都會乖乖聽話嗎？」

使魔原本就是這樣的存在。雖然訂下契約的方式各有不同，基本上對身為主人的魔法師都會絕對服從。不過芳一卻閉上眼聳了聳肩，冷冷地丟了一句：「誰知道呢。」

「妳的魔力那麼低，就算以真名來命令我，想抵抗也不是完全沒有辦法。基本上呢，我只做我想做的事，沒興趣的事可是碰也不會碰的。」

任性說完後，芳一又瞇起眼看向托托，唇邊泛起笑意接著說：

「不過妳還是可以說說看啊？妳想要我為妳做什麼呢？」

芳一的話說得傲慢，讓坐在床鋪上的托托抿著嘴不知該如何回答。努力地左思右想後，浮上腦海的是高年級的學生們在神殿進行魔法演練的情景。

那個時候，高年級的學生們也是召喚出魔物，命令他們做事。托托還隱約記得當時他們使用的咒語，於是訥訥地開口：

「——以薩爾瓦多．托托……之名……命令我的使魔『芳一』。」

這是最簡單的真名指令。

「說來聽聽。」

芳一笑得奸詐，期待著托托會下達怎麼樣的命令。那寫滿自信的表情似乎正說著，如果是不合意的命令，他會馬上一口拒絕。

托托深吸了一口氣、吐出，然後怯怯地啟唇下令。

這是兩人締結契約之後的第一道命令：

「在托托睡著的時候，要一直牽著我的手。」

「嘎？」芳一錯愕得「嘎」了一聲當作反問，嘴巴還愣愣地半開著。但托托的表情再認真不過，又接著說：

「牽著我的手，跟我說『晚安』。等我醒來的時候，還要跟我說『早安』喔。」

這就是托托所下達的命令。

沉默籠罩了彼此。芳一好幾次蠕動嘴唇想把托托罵個臭頭，卻因不知該說些什麼才好而作罷。

僵持了一會兒，芳一好不容易擠出一句話來：

「……我說妳啊，果然是個笨蛋耶。」

感慨不已似的，芳一夾帶著嘆息輕喃。

托托懇求依靠的雙眼直望著芳一。除此之外，她已別無所求。說不定還有其他希望，但目前最困擾的，就是不得不睡在這個冰冷房間裡的無情現實。

「啊，可是啊！」

托托忽然想起什麼，又慌張地出聲：

「我也不是非得要你一直牽著我不放啦，因為芳一也需要睡覺嘛，說不定還會賴床起不來呢，所以……」

「我知道了啦！」

為了阻止她囉哩巴嗦的叨念，芳一出聲打斷了托托未完的話語後，輕飄飄地浮在床鋪上，但他還是待在托托身邊，在半空中盤腿而坐。

「這樣可以了吧！妳快點睡啦！」

芳一伸出手。戴在淡褐色肌膚上的金色細手環閃著微光。芳一的掌心不是褐色的，而是淡淡的桃紅。

托托綻開了如花般的燦爛笑容，鑽進被窩裡，握住芳一伸過來的手。

托托的手因沾了淚水而有些冰涼，但芳一的手非常溫暖。他雖然是個魔物，卻有著和人類無異的溫暖掌心，擁有同樣的溫暖。這溫暖的手，讓人完全不想放開。

「……晚安，芳一。」

托托小小聲地囁嚅。

芳一牽著她的手，無奈地嘆了一口氣。用有些倦懶的嗓音，溫柔地輕輕回應：

「晚安，媽媽。」

冰冷的寒風漸趨溫暖，那是港口逐漸變得熱鬧的季節所發生的事。

托托離開了親切、體貼的家人，卻得到生命中無可取代的另一半。那是一個永生難忘的夜晚。

得到傳說的魔物作為使魔，使得對托托的處罰遲遲未決。或許是能將不只擁有完整的肉身，甚至得到了真名的魔物收為使魔這件事實在是太不切實際了。話雖如此，這魔物所帶來的威脅也沒有小到能夠就此野放。

對於這些困惑、紛擾毫無所知，托托和芳一被關在狹窄的房間裡，開始了彷彿扮家家酒般的生活。

薩爾瓦多的神殿裡聚集了許多出身市井的小孩子，為了讓這些離開親人的孩子們能找到安身之所，所以才有了宿舍這樣的地方。原本該是幾個孩子共用一間房的，但托托因身分特殊所以自己獨立一間。雖然是不甚寬廣的簡樸房間，但托托並不因孤單一人而感到悲傷寂寞，因為她的身邊有芳一陪伴。

「欸，芳一……」

「怎麼啦，媽媽？」

只要呼喚就會出現在身旁的少年，是和父母都已疏遠的托托唯一的家人。

被監禁數日之後，仍然沒有任何處罰，托托又回去神殿上課了。

跟在好幾位魔法師後面，久違地踏入神殿教室的那一瞬間，過去和她玩在一起的少年少女們同時看著她，然後一起閉上嘴巴。

不自然的尷尬沉默對托托釋出了拒絕的意涵。

在一片靜默之中，只有托托的座位與其他孩子隔開了一大段距離。

而態度上有明顯變化的，不是那群老愛欺負托托的男生，而是經常挺身保護托托的女孩子們。

她們根本不願正眼面對托托，就算主動向她們搭話，也得不到半點回應。慌張地拉開與托托之間的距離後，她們會三不五時偷看托托，在她背後小聲議論。

托托靜靜地坐在椅子上，為了不讓自己哭出來，手指一直扯著綁在下顎的封印結。雖然綁著強力的封印布，但還是有太多不願聽到的聲音傳進耳朵裡。

（吊車尾的沒用傢伙。）

（真是汙穢。）

女生所說的壞話反而更為陰毒。

（她出賣了自己的身體喔。）

（為了得到與自己不相襯的使魔！）

好想摀住耳朵什麼都不聽。但因為知道就算這麼做也無濟於事，所以托托只能緊緊閉上雙眼，好確認緊鄰著心臟的另一個鼓動聲。

如坐針氈的課程一結束，托托迅速完成打掃工作，飛奔出教室。

真想趕快回到自己的房間和芳一說說話，畢竟托托無法在人前召喚出芳一。

狹窄陰暗的小小房間，比教室更讓她覺得安心。

「托托，等一下！」

走在通往宿舍的長廊上時，托托被喚住了。

早就埋伏在這裡等待托托經過的，是同班同學的幾個少年，和從沒跟托托說過話的高年級學生。

面對擋在走道上阻礙通行的少年們，托托怯生生地停下腳步。

「傳說中的食人魔物被妳收作使魔了？」

長得最高大的少年緩緩走向托托。而托托為了找尋退路，視線不由得左右飄移。

「喂，叫出來給我們看看嘛！」

話音剛落，突然一股沉重的衝擊和教人不舒服的聲音，伴隨意料之外的冰冷迎頭襲來。

花了好一會兒的時間，托托才意識到同班的男生剛剛把裝了冷水的桶子中的水潑向自己。透明的水珠從髮絲間成串滴落。

「騙人的吧？像妳這種沒用的吊車尾，有哪個使魔會乖乖臣服於妳呀！」

「……」

托托還沒意會過來前，就已經癱坐在被水潑溼的神殿地面上。看來是嚇得腿軟了。試圖出聲回答的嘴唇哆嗦發青，滲入眼裡的水滴正誘發著淚水潰堤。

「妳倒是說句話嘛！」

少年揮舞著掃帚的長柄準備朝坐在地上的托托狠狠打下。

「……噫！」

要被打了，托托倒抽一口氣，伸手護住頭部，但就在這個時候——

突然乍現的爆裂聲響，讓少年們全驚愕得說不出話來。

「什麼！」

托托還沒來得及抬起頭，頭頂上就傳來她所熟悉的飄忽聲音：

「哎呀哎呀，還真是熱烈的歡迎方式啊。」

語尾夾帶的淡淡笑意，托托的耳朵清楚地捕捉到了。

「我順應你們的期待出現啦，怎麼還不趕快拍手呢？」

抬起頭，浮現在眼前的是銀色頭髮、帶有淡褐色肌膚，專屬於她的使魔的身影。

前一刻還高高舉起掃帚的少年嚇得跌坐在地，手裡握著已碎成好幾段的木片。那木片，就是前一秒少年打算用來對托托施暴的掃帚。

「你就是食人魔物嗎！」

高大的少年似乎正用手結成什麼魔法印，但下一個瞬間——

「嗯，對呀。」

呼～芳一對著自己纖細的食指吹了一口氣。下一秒，彷彿從菸管竄出的白煙竄上半空中，接著抓住少年的手指與手腕。

「！」

然後，纏繞上他的脖頸。

於是少年就彷彿被白煙纏住般地掛在半空之中。不管他如何痛苦地搔抓脖子，白煙還是能從他的指間逃逸出去。

「嗚啊、啊、啊啊啊啊啊！」

在空中踢著雙腳的少年的哀號，與天真無邪的笑聲交錯重疊。

「哈哈哈！像你這種人渣就算擁有魔力，也沒辦法好好發揮吧！」

笑聲多麼愉快，芳一看起來是如此天真快樂，但反而讓周圍的少年們全陷入恐慌之中。

芳一將白煙拉向自己，在少年的耳邊湊上嘴唇，呢喃著愛語般沉聲說道：

「我要收下囉。」

白煙逐漸覆蓋住少年。

在哀號聲中，一條渺小的生命即將結束——原本該是這樣的。

然而，有個小小的身影緊緊地抓住少年的腳。

「不可以。」

全身顫抖，淚水模糊了雙眼，仍然拚命地說著「不可以」。

「……」

芳一回頭瞥了托托一眼，輕嘆了口氣，輕彈手指。當少年全身癱軟倒臥在地時，其他幾個男生就像小蜘蛛一樣往四面八方逃開。

但芳一並不打算就這樣放過他們。

他輕柔地彈指，手腕處隨即出現一道旋風拉扯住少年們的腳步，讓他們狼狽地跌倒在地。

只是跌倒就能了事，已經很幸運了。

「沒有下次了。」

那雙澄澈的水藍色眼瞳已掩去了笑意。彷彿在說生殺予奪皆非一時的心血來潮。

——若是決定要殺，那就必定會殺。只是唯有在小小的少女沒有阻止的時候。

從那一天開始，對托托的暴力行為就停止了。

狹小的宿舍房間裡，傳出抽抽噎噎還有擤鼻子的聲音。坐在一旁的芳一不免又露出一臉厭煩。

他不懂托托哭泣的理由。雖然動手懲罰了那幾個少年，不過那些大人又沒有因此而發她脾氣。

關於有人一直在暗中監視自己這一點，其實芳一從很久以前就察覺到了。但就算有人隨時隨地注意自己的一舉一動，對芳一而言也不構成妨礙。真有需要的話，避開那些耳目對芳一來說也只是小事一樁。

自己對這位不成熟的小小「主人」之間的正確答案、錯誤答案為何，他一點興趣都沒有。

然而，對這樣的他而言，仍有不理解而感到困擾的事情。

「所以我說，妳到底是在哭什麼啊……」

要是托托再不回答，芳一決定就要消失不理她了。

「因、因為……」

笨拙地抽了抽鼻子，托托訥訥地開口：

「他們都說我是個吊車尾的、說我是什麼都做不到的沒用傢伙。大家都說我不夠資格待在這裡，說我……把身體出賣給魔物，和惡魔交換契約，說我沒什麼魔力，卻擁有和我不相襯的使魔……」

「他們說的沒錯啊。」

雙手枕在腦後的芳一冷淡回道：

「根本無法反駁，因為這是事實嘛。」

沒多看眼睛哭得紅腫抬著頭的托托一眼，芳一逕自闔上眼皮，回答得相當爽快，好似這一切都很理所當然。

「妳是吊車尾的沒用傢伙沒錯呀，就一個魔法師而言，妳什麼都辦不到也是事實。所以又怎樣？礙著誰了嗎？想說閒話的傢伙就讓他去說嘛，真搞不懂妳有什麼好哭的。」

不過接下來的這句話，他卻是直視托托的雙眼說的：

「妳不夠格得到我確實是事實，但也沒辦法了，因為我已經決定要跟著妳。」

下一秒，托托突然張開雙手摟住芳一的脖子。沒料到她會突然做出這種舉動，嚇了一跳的芳一忍不住「哇！」了一聲失去平衡。

她的雙手是那麼纖細，卻非常地拚命。

雙手用力抓住芳一，她說：

「我也已經決定了，要成為芳一的媽媽！」

就算只是一直哭。

就算什麼都做不到。

這是自己下的決定，托托數次跟自己確認這件事。

因為是媽媽，所以要振作起來，托托抬頭看著芳一問：

「芳一是食人魔物吧？」

「嗯，對呀。」

「你會吃人嗎？」

「嗯，會呀。」

芳一回答得漫不經心，卻比誰都坦率。就算臉上掛著乖戾的笑意，但他的回答從不摻雜一絲謊言。

正因如此，托托的表情因他的回答而陰沉了下來。並非自己感到可怕，而是擔心芳一的未來。

「這樣不行啦，難道你不能吃人類以外的東西嗎？像是……和托托一樣吃飯之類的呀？」

「沒辦法啦！」

芳一從鼻間哼出一聲，不屑似地說道。

「我吃的是人類的生命力和魔力，人類的血肉最多只能算是附屬品啦。」

聽他這麼說，托托小小的臉蛋瞬間綻放出明亮的光采。

「也就是說，你只要吃魔力就好囉？那我把我的魔力給你吧！」

因為我是媽媽啊。

然而她的使魔，就像平時一樣挑起了單邊的眉毛。雖然認識不久，但托托知道，這是他感到無奈時的習慣性小動作。

「妳是笨蛋啊？妳該不會忘了自己是個吊車尾的無能者吧？憑妳這種程度的魔力，怎麼可能維繫我的生命嘛！」

毫不留情的說法讓托托難過得扭曲了面容，眼眶裡也蓄起水氣變得溼潤。因為自己的不成熟、不中用，所以讓芳一跟著不自由。

彷彿馬上就要哭出來的表情，讓芳一焦躁地大喊：「啊啊真是的！」

「知道了，我知道了啦，媽媽！我不亂來總行了吧！只要吃掉一個人，就算暫時不吃東西也無所謂啦！」

但托托還是睜著水汪汪的眼睛搖了搖頭。

「不行，不行啦！只要吃魔力就好了，求求你，求求你嘛，芳一……」

被少女苦苦哀求的芳一鬱悶地抓抓頭。

「……就算妳這樣拜託……」

才不是這麼簡單的事情啊，芳一的臉上這樣寫著。

不是這麼簡單的事情。然而，不是命令，而是請求。讓芳一自己感到訝異的是，聽了這樣的請求後就想照做的自己。

畢竟，抱著自己的小小身體、雙手、心臟的跳動聲，全都好溫暖。一直都好溫暖。於是

——

「我絕對、絕對，會幫你想辦法的！」

那是發音有些不清晰，帶著鼻音，卻非常非常甜膩的嗓音。

空口無憑的努力說來容易，但她根本不知道有什麼方法。但是，她會做到的。因為托托是媽媽。

彷彿下了決心，彷彿正在做出不會打破的承諾。

「我只有你了。」

托托從沒有被誰選擇過，除了老天賜給她的生長環境之外，托托從不曾被任何人挑選過。原以為，自己這一輩子都無法成為某個人獨一無二的特別存在。

但是，芳一對托托說了。說他決定跟著托托，他選擇了托托，他只要托托。

為了回應芳一的選擇，托托選擇下定決心。湧上胸口的狂喜，她說什麼都得化作言語。

「就算沒有媽媽、就算沒有爸爸、就算沒有朋友，可是我還有芳一！」

聽到她這麼說，芳一一瞬間瞠大了雙眼，但馬上又溫柔地瞇起眼睛。

「……嗯。」

芳一頷首應允時也帶了點鼻音，聽起來軟軟甜甜的。托托重申似地再次囁嚅著說：

「托托只有你了。」

「嗯。」

芳一也伸手擁住托托小小的身體。擁有強大力量的食人魔物，小心翼翼就怕碰壞了懷裡這個小小的母親，只敢輕輕地擁著。

「……我也……只有妳呀。」

不知不覺，兩人的心跳鼓動都融化在滿室黑暗中，直到托托沉沉睡去。

兩人緊握交纏的手始終沒有鬆開彼此。

經過幾天的監視，再度召開了決定二人處分的諮詢會。

斟酌著報告內容，他們必須做出決定——是要再繼續觀察，還是要排除可能的危害。

聽取完眾人的報告後，就得有所取捨。

食人魔物「阿貝爾達因」，如今已改名為「芳一」，他表達了願意遵從薩爾瓦多·托托的意志，只有在守護她的時候才會使用魔力。

於是——

「就讓薩爾瓦多·托托與她的使魔芳一，成為薩爾瓦多一族的財產吧。」

他們所具備的知識與魔力都將成為嘉達露西亞王國的國力，絕不能眼睜睜失去他們。

「被賦予那種命運的兩人，將會帶領我們薩爾瓦多。」

那兩個人的相遇，或許真是命運的捉弄吧。

如此一來，名叫托托的少女一輩子都將被薩爾瓦多的枷鎖囚困，永生永世無法擺脫。

悲嘆著自己哪裡都去不了的少女，永遠都無法得知外頭的世界究竟是什麼模樣。做出這個決定後，她真的哪裡也去不了，永遠都離不開了。

這能算是幸福的結局嗎？無論是她、或是這些大人，就連魔物也無法回答這個問題吧。

薩爾瓦多的無能者，薩爾瓦多・托托將嘉達露西亞的食人魔物・芳一收作自己的使魔後，已經在神殿裡居住了十年。雖然稱不上歲月如梭，但驀然回首時，卻也已經度過一段說長不長、說短不短的時光了。托托在同學們的孤立下漸漸長大，成了一個年輕女孩。紫藍色的眼眸一如往昔，混雜些許金髮的褐色捲髮都長到肩膀了。她待人接物的態度不差，卻變成一個難以親近又頑固的女孩，而使魔芳一總是藏身在她的影子裡。

說到芳一，依然是一頭銀色短髮，水藍色眼瞳和緊連的三顆黑痣，看起來不到十歲的外表仍維持當初相識時的模樣。托托偶爾會對這樣的現實心懷感慨，但對於兩人的外貌愈來愈像母子一事倒是頗無所謂。

到了十六歲，薩爾瓦多的少年少女們都將從神殿的學堂畢業。畢業後多半會從事魔法的研究工作，但在課堂上聽老師們說完後，托托知道自己並沒有未來可言。

托托的周圍沒有其他人，每個人都遠遠避著她。避著她，也避著藏身在她影子裡的兇惡使魔。

曾經，托托說過自己只有芳一。

而芳一也說，自己只有托托。

稱不上是誓言的小小約定，兩人都珍惜地遵守著。

雖然知道周圍不時會投射出好奇的目光，但托托已經可以把那些視線當作吹拂過臉頰的微風般，以平常心看待了。

白天時，芳一總是躲在托托的影子裡，發出規律的鼻息靜靜沉睡著。

晚上待托托睡著後，他就會無聲無息地消失在黑暗中。托托並不知道芳一是用什麼方式來維持自己的魔力。

只不過，住在神殿裡擁有魔力的一些人，偶爾會在睡眠時感到非常疲勞。托托周圍的人把這種現象稱為「魔力被食人魔物吃掉了」，就算只是前天晚上玩得太累也都以這種理由推卸責任。這分明是對托托和芳一的諷刺，但托托並不怎麼介意。

芳一曾對托托說過，不需要在意別人怎麼說。托托也認為只要芳一身體健康，而且沒有人傷亡就無所謂。

不需要龐大魔力就能維持他的生命，主要是因為沒有什麼工作需要他這個使魔出力的關係。

芳一非常好戰，對一些雜事又老是嫌麻煩。沒人敢來惹事下戰帖，反而讓芳一成天嚷著「好無聊」，但他從不曾離開過托托身邊。不管托托再怎麼沒用、動不動就愛哭，他也不曾離開過。

這十年來，托托身邊沒有半個稱得上是朋友的朋友。

她曾說過自己只要芳一就夠了。芳一雖然不曾對此表現出喜悅，卻始終陪在她的身邊。彷彿一切都是如此理所當然。

從學校畢業後的某天夜裡，托托接到了進王城的命令。

敲響她宿舍房門的，是許久不見的父親。每每面對雙親，感受到的總是如鴻溝般無法跨越的距離，托托早已死心了。

雖不知薩爾瓦多的那群老人對托托的未來究竟做出怎麼樣的判斷，但進宮一事卻遠遠超出了托托的預期之外。

「你是要我當宮廷魔法師嗎？」

托托以冰冷的聲音說著。

「什麼嘛，你們到底什麼居心啊？我可是薩爾瓦多的無能者耶？還是說，你們的目的其實是那孩子？」

托托狠狠瞪視父親。灼人的視線中，隱含了無言的憎恨。

「……你想叫芳一為了國家去殺人嗎？」

面對托托不善的口氣，父親深感狼狽。

「不是的，妳誤會了。」

「不然你們到底是什麼意思？」

托托不留給父親任何一點喘息的空間，又繼續追問。父親只能慎重地選擇詞彙，表明自己的來意：

「要指派給妳的工作……不是宮廷魔法師……是外交官的職務。」

沒想過這種可能性的托托，瞬間愕然地張口不能言語。

「外交官？」

托托所居住的嘉達露西亞王國，確實是個因貿易繁盛的國家，停泊在港邊的那些大船，也經常載運各國的達官顯要來訪。以一扇向廣闊大陸開啟的窗口來說，嘉達露西亞的外交工作確實占有極重要的地位。

托托知道自己的父親也擔任了輔佐外交的工作。但想成為一名外交官，必須有稱頭的家世與長年經驗和多方知識。除此之外，更重要的是必須富有涵養才行。想當一名出色的外交官，可不是一朝一夕便可成就的。

「沒錯。妳想不想到王城裡去接受教育，好成為一名外交官呢？妳是有才能的。」

父親如是說。視線在半空中游移，像在思索該怎麼說才好，又低聲加了一句：

「……因為，妳有那樣的耳朵。」

肩膀頓失力氣，父親的解釋總算讓托托理解了。

（啊啊……）

她反覆咀嚼著父親所說的話，原來是這麼回事啊！

是因為耳朵的關係。

能夠聽得懂且理解各種語言的這雙耳朵——身為一個外交官，再也沒有比這更重要的能力了。

托托心想，自己真的做得到嗎？在得到答案之前，率先湧上心頭的是好久好久以前的往事回憶。那個來自東方國度的青年，還有他所說的那些令人心動雀躍的故事。

還可以再聽到那樣的故事嗎？

托托明白只要自己還背負著薩爾瓦多之名的一天，就哪裡也去不得，但也許能窺探外面世界的期待，不由得令托托感到興奮。

「那樣……」

為了不洩露此刻的心情，托托刻意轉頭望向窗外，幽幽道：

「是以薩爾瓦多·托托的身分？還是以我個人的身分？」

從父親的抽氣聲中，托托明白他正苦思著該怎麼回答這個棘手的問題。一番遲疑過後，父親終於出聲：

「……以薩爾瓦多的身分。這是當然的呀，因為妳是……我們唯一的女兒啊。」

真是虛情假意啊，托托心想。本想問問他怎麼有臉說出這種話，轉念一想還是算了，反正到頭來感到難過空虛的還是自己。

所以當她轉頭面對父親時，只能露出死心的微笑。

「這麼看來，我也沒有選擇的權利吧？」

這是在托托十六歲那年春天所發生的事。

得到使魔後，不知不覺也已經過了十年歲月。托托以首位頂著薩爾瓦多之名的正式候補外交官身分，進入王城。

托托從神殿的宿舍搬到王城裡，除了日用品的品質提升不少之外，大體而言她的生活並沒有太大改變。

神殿與王城比鄰這一點，確實令托托內心鬆了一口氣。因為她認為離成群的魔法師近一點是必須的，雖然她從沒問過芳一到底是從哪裡取得魔力以延續生命的。

出身自魔法師世家的托托，想成為外交官必須學習相當多的課程。所幸語言這門學問對托托而言並不算什麼難題，但除此之外，她仍得面對堆得像山一樣多的課題。各國的情勢、歷史與文化，這些都是能夠自學的東西。

但王城還是派給托托一名老師，教導她不得不學會的一門稱之為禮儀的課程。

托托在離開雙親之前，就已經耳濡目染學會了基本的禮儀教養。但外交可不比平常，而是隆重且繁複的社交活動。

每日每夜，托托身邊都跟著嚴格的老師，從用餐的禮儀到社交舞的舞步，托托每天都汗流浹背努力學習。托托要學的不只是一些表面的皮毛，而是更深入精神內涵的學問。

每當托托拖著疲累不堪的身軀回到房間時，芳一總會露出一副老大不開心的嘴臉。

「要我去幫妳報仇嗎？」

芳一用非常認真的表情問出這令人不安的問題。但換句話說，這就是芳一另類的關心方式，這一點托托比任何人都還要清楚。

「稍微懲罰一下就好了，如果是想讓他看不見明天——」

托托輕輕搖了搖頭回答：「不用了。」同時張開雙臂擁住自己的使魔。

托托的身高早就超越了芳一，只是他總飄浮在半空中，所以平常沒什麼感覺。一旦摟著他，那纖細的身體與小小的肩膀，總讓托托心頭滿溢愛憐。

「我已經不再是一無是處的沒用傢伙了。」

「我希望妳永遠一無是處下去。」

在耳邊輕柔低喃的聲音，總能拯救托托疲憊受傷的心靈。從十年前開始，至今仍不曾改變。

「不行的。」

「我無所謂啊。」

「可是我有所謂。」

「為什麼？」

飄浮在空中的芳一深深凝視托托，用他那雙水藍色的眼瞳質問著。

妳重視的究竟是什麼？

托托忍不住想咬唇，隨即想到唇上還點綴著豔紅的胭脂，只得開口輕聲道：

「我希望，我也能有一些辦得到的事情。」

這張表情不屬於那個躲在教室角落低頭不語的無能少女，也不再是那個把駭人的使魔擋在身後，固執地咬著嘴唇與眾人為敵的少女了。

少女已經成長為女人，從懵懂無知的孩子變成一個成熟的大人了。看著托托第一次挺身為自己而努力，芳一臉上卻寫滿了不滿。

「如果妳變得那麼厲害……」

他忽然背過臉嘟起嘴唇，喃喃道：

「就不會再需要我了。」

托托抬起頭愣愣地微張著嘴，忍俊不住笑了出來。

「大笨蛋。」

這是芳一經常掛在嘴邊的口頭禪，這次卻由托托笑著回贈給他：

「你真是個大笨蛋。」

只要一伸出手，芳一就會緊緊回握住托托。正因為如此，她才笑著對他說：你真是個大笨蛋。

在涉足正式的外交場合之前，托托被邀請出席了王宮內的一場小型茶會。

這是個沒有風，平靜而晴朗的午後。茶會的主辦者是王族的一員，托托心裡緊張得七上八下，忐忑不已地出席了。

茶會在寬敞的露台舉行。托托挺直了背脊，往不時發出明朗笑聲的那個小圈圈走近。

「各位夫人，妳們好。」

幾個貴夫人的視線一齊望向托托。方才的笑聲有些尖銳，在場坐的幾乎都是些年輕的貴婦人，而端坐在最深處的，是唯一一個看起來比托托還年輕的少女。

「妳就是薩爾瓦多的候補外交官？」

率先開口的也是那名少女。漆黑的捲髮，襯著一雙幽黑的深邃美目；雪白的肌膚、小小的紅豔嘴唇；身上穿了件深紫色的禮服。

「我名叫薩爾瓦多．托托。能和各位見面，我感到十分光榮。」

從頭頂到腳趾每一條神經都緊繃著，托托集中精神專注在展現禮儀上頭。

雖然舉止略嫌僵硬，周圍的貴夫人們仍是帶著淡淡微笑歡迎托托加入。

但是，當托托抬起頭時，黑髮少女卻索然無味似地瞇細了一雙黑瞳，從那柔軟的唇瓣間吐出的是辛辣至極的字句：

「妳穿的禮服看起來還真是廉價啊，妝也化得很庸俗，真教人失望。」

托托不由得揚起眉毛，全身僵直地站在原地。「公主殿下……」周圍的婦人們全慌張得輕聲勸諫。

（公主殿下。）

聽到這聲稱呼，托托總算知道今天這場茶會是由誰主辦的。嘉達露西亞王族的公主，雖不常聽說她的事蹟，但她確實是現任國王最小的女兒。

而這位公主，此刻正對托托嫣然一笑。如此光鮮亮眼、稚氣卻又豔麗的淺淡微笑。

「我的名字叫緹蘭。」

緹蘭並沒有擺出別人理所當然該要認得她的高姿態，反而像是不認得她才正常般，對托托報出了自己的名字。

「很抱歉，我不擅長這種拘泥形式的寒暄方式。聽說妳跟著老夫人在學習啊？老夫人的教學很嚴厲吧？我才被她教了三天，就忍不住逃課了呢。」

忽然改變的話語既輕鬆又活潑，就像敲響玻璃般閃耀動人。公主口中所說的老夫人，是在王城裡教導禮儀課程的女性，同時也是負責教育托托的老師，老夫人是別人替她取的綽號。托托扯動唇角，硬逼自己露出笑容：「……是的。」總算是回答了公主的詢問。

不知道這樣回應是否正確，緹蘭流利地繼續說。

「就算能做出那些裝樣子的禮儀，光這樣還遠遠不夠的吧？妳請先坐下來吧。」

托托無法給出得體的回應，順從地在緹蘭的對面就坐。

臉部抽搐著，話語像是哽住了喉頭似的。緹蘭的那雙眼瞳，有著多年前曾迫害欺侮過托托的同年齡男孩們的影子。

剛才那些不愉快的對話彷彿不曾發生過般，婦人們又悠哉地聊起天來了。聊一些關於季節、關於會唱歌的鳥兒、大海、食物，無關痛癢的話題要多少有多少。面對這些，緹蘭時而含笑以對，時而露出一臉無趣的表情，而托托只是端坐著頷首應對，擺在桌上那幾杯嘉達露西亞產的紅茶一口也沒被動過，漸漸失去原有的熱度。

對話無預警的中斷了，就在這時，緹蘭的眼瞳突然捕捉住托托，輕啟的嘴唇勾勒出一絲笑意：

「托托，妳沒有耳朵對吧？」

緹蘭過於唐突的問話，讓幾個坐在身旁的貴婦人們頓時全僵直了身體，這一點托托自是看在眼裡。

平時托托總是以封印布覆住耳朵的空洞，但她沒有耳朵一事無人不知。她是「身邊跟著食人魔物」的托托，就連現在負責教導托托的老夫人，都不曾觸及關於托托耳朵的事。

「我想看。」

緹蘭一派輕鬆的要求。未經深思便脫口而出的話讓人一時之間不知該作何反應，但相較於周圍的尷尬無措，托托反而顯得冷靜。

「請恕我直言……」托托用僵硬的聲音開口回應：

「我的耳朵若是沒有用封印布遮掩，會對日常生活造成許多不便。」

緹蘭點了點頭。

「我知道了，只看一下就好嘛。」

妳根本什麼都不懂，托托在心裡犯嘀咕。

會決定解下封印布，其實也是抱著惡作劇的心態。

最好嚇死妳，托托心裡想著。

拿下封印布後，映入他人眼中的黑穴並不會讓托托感到羞恥。就算有些恐怖噁心，對她而言卻是非常重要的證明。

因為這個黑穴，是連繫托托與芳一的證據。

「嘿……」

明明是緹蘭任性要求說想看的，但她的反應未免太冷淡。窺視著空無一物的黑暗耳洞，緹蘭並沒有阻止托托重新覆上封印布的動作。

她沒有發表看過黑暗耳洞的感想，反而接著向托托提出另一個要求：

「托托，聽說妳有個使魔啊？」

這個問題，令托托身形頓時一僵。托托的使魔是嘉達露西亞的食人魔物，正如在薩爾瓦多一族中是不能浮上檯面的事實，在王城裡同樣也是個禁忌的話題，或可說是公開的祕密。

「是怎麼樣的使魔啊？貓？鳥？還是駭人的野獸呢？」

一般而言，魔法師身邊的使魔確實如緹蘭所說多半是獸化的模樣。

「聽說他是個很強悍的魔物呢。喂，讓我看一下嘛？」

托托沉默了。她發現自己的手正用力握緊成拳，積壓在腹部底層的感情就叫作憤怒。因為注意到這些事，才能硬逼自己把情緒壓抑下來。

「——請恕我直言，公主殿下。我的使魔非常兇惡，若是把他叫出來，只怕會對公主殿下做出無禮的行為。還請公主殿下別為難我。」

「不要，我一定要看。」

「我的使魔可是會吃人的。」

對這句明顯想打住話題的回答，緹蘭笑了。

「無所謂。」

那乾澀的笑聲，讓托托在憤怒之餘，還掀起一絲困惑。

最後，鮮少在人前召喚出芳一的托托改變心意了，只是為了避免更多爭執。

「……芳一。」

喚出名字時，腳邊的影子也微微顫動了一下。不管他睡得再熟、離得再遠，只要托托叫出他的名字，總會喚醒他沉睡的靈魂。

周圍的貴婦人們全害怕地從椅子上站了起來。

「妳叫我啊？」

芳一晃著一頭銀絲從影子裡浮現出來後，緹蘭的漆黑眼瞳不禁為之一亮。

綻出「哎呀」的唇形，緹蘭輕笑道：

「說是食人魔物，我還以為有多麼醜陋呢，沒想到還挺可愛的嘛！」

芳一朝臉頰泛紅說出這些話的緹蘭輕瞥了一眼，馬上就興趣缺缺地別開了視線。

「有什麼事？」

芳一問著托托，好似周圍根本沒有其他人在場。

「也沒有什麼事啦……」

面對一臉苦澀的托托，芳一哼了一聲後便在空中轉了一圈。

「難得妳會在大白天把我叫出來，我還以為妳又被欺負了呢！」

芳一邊把身體往後仰邊這麼說，托托也只是淡淡一笑。她知道緹蘭正緊盯著芳一與自己，但托托並沒有強求芳一向公主殿下打招呼。

芳一與任何權力都沒有關聯，托托也只要這樣就好。

緹蘭那雙漆黑的眼眸，正一動也不動地深深凝視芳一。

「真好。」

她突然開口輕喃。清脆的聲音壓低了。

「有這種魔物真好……我也想要。」

周圍的婦人們都為緹蘭突如其來的發言而愣了一下，就連芳一也忍不住又瞥了緹蘭一眼。

緹蘭邁開步伐朝芳一走近，臉上沒有一絲懼怕的表情，她開口道：

「喂，你要不要到我身邊來？你想要什麼我都會給你，如果你想要耳朵，那要我把耳朵給你也可以唷。」

「緹蘭公主！」

貴婦人們全訝異地想出聲勸阻，正當芳一勾起唇角想拒絕時——

「不可以！」

僵硬冰冷的聲音從托托嘴裡發出。如此堅決的聲音，讓緹蘭一時之間驚訝得停下動作。

簡短的三個字，卻將強硬拒絕的意志表露無疑。

「離芳一遠一點。」

像是要隔開他們似的，托托走過來擋在緹蘭與芳一之間。這一刻，托托忘了對方的地位和自己的立場，嚴峻的雙眼狠狠瞪著緹蘭。

「我不會把這個孩子交給任何人的。」

強硬的口吻，讓緹蘭驚訝得不知該作何反應，只能怔怔回望著托托。托托不再開口說話了。要降罪就降罪吧，她就是有了這層覺悟才會公然反抗的。

緹蘭凝視托托許久後，忽然嘆了一口氣：

「……算了。」

如羽毛般輕柔，那張瞬間閃過放棄意圖的表情，完全不像是個少女，真要說的話，反而像是個老婆婆一樣。

禮服裙襬揚起，緹蘭沉默地離開了露台。

幾個貴婦人慌張地跟在她身後離去，只留下托托和芳一兩人。

托托呼了一口氣，緩緩放鬆肩膀的力氣。當緊繃的空氣漸漸和緩後，飄浮在身後的芳一靠在托托耳邊輕聲道：

「這樣好嗎？」

難得芳一會說出這種在意人心的波瀾起伏，與上下應對關係的關心話。雖不知他對緹蘭的身分了解多少，但托托只淡淡說了聲：「沒有關係。」輕呼出一口氣的同時垂下視線。

「無所謂的。」

聲音沒有一絲顫意，而是連自己都感到驚訝的冷硬，語氣中透露了她心底的排斥。

雖然移開視線，但語氣仍然頑強。

「我不會讓別人帶走你。就算你吃了別人的耳朵、就算你吃了別人的生命，到我死為止，你都是屬於我的。」

芳一深深凝望著站在眼前的托托。

「我啊。」

細微的呢喃並沒有把話說完，他隨即聳了聳肩。

「……算了。」

話題結束了。他打了個哈欠，迅速消失在影子之中。

沒有必要再說下去了。事到如今再來確認自己到底屬於誰未免太愚蠢了。

尷尬的茶會結束後，托托並未因對公主不敬而遭受任何懲處。每天還是一如往常地接受老夫人的嚴厲指導，終於到了托托第一次正式參加晚宴的那一天。

絃樂器的樂聲在耳邊縈繞，孤陋寡聞的托托並不清楚那是什麼種類的樂器彈奏出的樂音。雖然聽得懂幾千幾萬種語言，但音樂，仍然只是音樂。

華麗的水晶吊燈將室內點綴成與外頭深沉的黑夜全然不同的兩個世界，絢麗得令托托眼花撩亂。雖然穿著自己最好的一件禮服，但在這個聚集了王公貴族的宴會場合，托托忍不住連身上這件禮服的內襯都在意起來，所以儘可能縮起身子。穿著這種時下流行的高價禮服，實在令托托有些手足無措。

向幾個人寒暄打了招呼，也有人主動跟自己搭話，拉起禮服裙襬低頭向人致意時，那些一聽到「薩爾瓦多」之名的人們，霎時都張皇失措到啞口無言，這一點托托相當清楚。當他們看著托托，又看到她用來覆住耳朵的封印布時，總是急忙求去。

各式各樣的閒言閒語都傳進了聽力異常敏銳的托托耳中。

托托知道，其實什麼都沒有改變。

別說嘆氣了，就連懊悔的情緒也不再湧現。靜默的斷念支配了托托的一切。

到頭來，自己不管到了什麼地方，仍舊是個沒用的無能者，終究是沒有成為外交官的氣度啊。話說回來，一個人呆站在這種地方又有什麼意義呢？

就算當個翻譯官，也不過是被人當作道具利用罷了。

但是，托托覺得自己或許連當個道具也辦不到。若要將自身的這種能力當作道具使用，就好像是在利用她心愛的使魔一樣。雖然無法照自己所希望的去選擇，但托托怎麼也不願讓芳一淪為受人利用的道具。

為了逃離喧囂不已的晚宴，來到灑滿月光的露台，但白色的圍欄邊已倚著一抹身影。

還不習慣黑暗的雙眼只看到不甚清晰的黑影，托托豔紅的嘴唇微微一震：

「您好嗎？」

背對著青藍色的月光，露出淡淡笑意的人正是緹蘭。她身邊沒有跟著其他人，就這麼形單影隻地佇倚在圍欄邊。

黑髮上綴飾著溫潤的白玉珍珠。墨黑的眸色比平時更深邃，嘴唇也微泛溼意。

「比較起來，今天算是還好吧。倒是妳，果然挺跟不上流行的嘛。」

她將托托從頭打量到腳，話裡的意思應該是指托托身上的打扮吧。然而，托托並不像以前總覺得受到侮辱。不管是褒是貶，反正對方都只是隨便說說罷了。

緹蘭是這個國家最小的公主。她上頭有五個哥哥，每一個兄長都與她同父異母。她的母親是現任國王的第三位夫人，膝下只有緹蘭這個女兒。雖是王位繼承權最薄弱的小公主，但她可愛的容貌和初見面時就能擄獲人心的個性，在王族中仍具有相當高的評價。

「……請問，您在這裡做什麼？」

托托並沒有走近，而是站在原地開口。緹蘭隨即漾出一絲淺笑：

「不就是晚宴嗎。」

說話的同時，緹蘭也把手裡的玻璃杯倒了過來。酒杯裡的淡紅色液體閃爍著晶瑩的水光迸散在露台地板上。反射出璀璨光芒的應該是冰塊吧，那美麗的光澤彷若寶石般讓人留下深刻的印象。在嘉達露西亞這塊終年不下雪的土地上，船舶遠度重洋從異國運回來的冰塊可是相當難得一見的高級品。

「好像墜落的星星喔。」

低垂著眼輕喃，緹蘭把空無一物的玻璃杯放在一旁的矮桌上。如魔法儀式般優雅美麗的動作，教托托不由得瞇起眼睛。

「您不回宴會裡去嗎？」

托托朝穿著露背禮服的背影詢問。

「因為裡頭很無聊嘛。」

緹蘭回過頭。臉上依然掛著甜美的笑意，就像熟透的果實一般。除了散發出馥郁的甜美馨香外，笑容裡還含有淡淡的苦澀。

「妳也這樣覺得吧，托托？」

「我……」

托托別開了視線。不可思議地感受到一股彷彿連心思都被人看透的惡寒，逼出了身上的冷汗。

「不適合這種場合……」

回答的聲音猶如蕭瑟的風聲般不濟事。

相對的，緹蘭的聲音就顯得透明又僵硬。

「既然這樣，不如別參加了吧。」

沒想到她會這麼說，托托楞了一瞬，下一秒，緹蘭又突如其來地綻開笑容。

她輕快地笑著，拭去眼角的淚水，帶著一臉笑意又開口：

「沒骨氣的傢伙。」

如深海般沉重的口吻，與她臉上明亮的笑意完全背道而馳。

「喂，妳實在讓人很不愉快。只要說妳做不來，總會被原諒。如果妳要這麼得過且過地混吃等死，那就這麼過吧，不過，請妳從我的眼前消失。」

撩起禮服裙襬，散發出陣陣果實香氣。走過托托身邊時，緹蘭不悅地低斥：

「因為妳太讓人不愉快了，會讓我恨不得想殺了妳。」

托托無法回過身去看正舉步走回華麗喧囂中的纖細背影。

今晚的月色明亮又透著淡淡青藍。

托托緊咬牙關，努力不讓視線被淚水沾染而變得模糊。那個比托托還年幼的傲慢少女所說的話，未免太一針見血。

芳一說自己已經不再是個無能者了，那句話並不是謊言。

只是不管再怎麼努力，托托的內心仍舊是那個無能的傢伙。再也沒有人比托托自己更清楚這點了。

如果逃離這裡，是不是就能得到救贖呢？

許下願望，就能夠實現嗎？

（帶我走吧。）

想要離開這個國家並非難事，但只要托托還是托托的一天，只要一切都沒有改變，不管逃到什麼地方都只是枉然，根本不會有什麼不同。

托托無法返回令人眩目的晚宴中，只好踉蹌地往外頭走去。拂上臉頰的晚風雖然冰冷，卻也讓自己好過許多。

腳踩著被緹蘭的水果酒灑了一地的地板。托托不經意地瞄了一眼，視線不禁停駐在某一點上。

「咦？」

為了不弄髒裙襬，托托小心翼翼地蹲了下來。伸出手，拾起那宛如星星碎片般閃亮著璀璨光芒，原以為是冰塊的東西。

冰冷卻未在托托掌心間融化的東西並不是冰塊，而是銳利的玻璃碎片。

為什麼……托托忍不住低喃。

如果喝下這種東西，可不是割傷舌頭而已。恐懼頓時攀上托托的背脊。是誰？為了什麼目的？疑問像暴風雨般不停在腦海中盤旋，但這並不是托托所能解決的問題。

雖然不認為緹蘭會在自己的飲品中加入這種東西，但她確實說了「好像星星喔」這樣的話。如此說來，她應該也注意到了吧。

托托茫然地抬眼望向依然熱鬧的晚宴。緹蘭是這場晚宴的中心，她正對圍繞在她四周的大人們露出笑容。天真無邪到有些虛泛，那麼鮮明、那麼豔麗。

比起失望或困惑，托托心裡湧現出更強烈的情感。

近似悲哀、痛苦，或許也摻雜了一絲喜悅吧。

那強烈的情感，讓胸臆間彷彿著了火般灼燙不已。

（她在戰鬥。）

托托心想。

她的傲慢無禮、她空虛的任性妄為，一定都是她用來捍衛自己的武器。

托托不知道伸手接過加了玻璃碎片的酒杯需要多麼壯烈的決心，也不知道王族的地位和她身為最小公主所處的立場。托托也沒有緹蘭那麼引人注目的美貌與魅力。

不過，有一點是相同的。
只有一點，和她一樣。
（我們……）
都是女人。
抹去滲出眼角的淚水，托托抬起頭。
不借助芳一的力量，這對耳朵也只是裝飾罷了。屬於托托的戰爭就在眼前。她要一個人奮戰，為了不再當個一無是處的無能者。
如果要以這副身軀投身戰鬥——
（微笑吧！）
美麗的禮服是堅硬的盾牌。
漂亮的微笑是銳利的寶劍。
屏除所有想加害自己的惡意，撕裂萬物。
要守護的東西只有一個，無關價值也沒有形體，而是用來誇耀、確認自己存在的證明。

從那天開始，托托不再有一絲躊躇或存疑。不管遭到排擠或輕蔑，她都視為理所當然。必須吞嚥下這一切惡意，對眾人露出美麗的微笑才行。

不是魔力也並非魅力，托托所表現出的膽識，在人們心裡、尤其是那些初見面的客人心裡留下了強而有力的迴響。

嘉達露西亞王國的薩爾瓦多．托托。

這個名字，流傳到了世界各國。

傳聞她是魔法師組織「薩爾瓦多」的無能者，也聽說她是收服了吞噬天地的魔物的破戒者。但比起這些，更讓人們津津樂道的，是她身為外交官的稀有才能。

聽說那個外交官不管什麼國家的語言都能立即理解，她擁有一雙可稱之為奇蹟的耳朵。不管什麼國家的語言、不管哪個國家的祕密，皆無法逃過她的耳朵。

不知道從什麼時候開始，人們開始用另一個名字稱呼她——

「天國之耳」。

除了「薩爾瓦多的無能者」之外，這是她新的第二個名字。

托托的工作就是接待前來嘉達露西亞王國的賓客。雖然待在小小的國家裡，卻能和來自世界各國的達官顯要交談，以培養彼此之間的信賴關係為目標。托托雖然能達成如此高水準的目標，卻從不曾和遠道而來的賓客進展到朋友關係。但在這些人之中，還是有令托托難以忘懷的邂逅。

托托曾接待過一個有著美麗金髮的異國騎士，在他的祖國擁有「聖騎士」美名的青年，想不到竟和托托差不多年紀，是個溫柔目光中總帶著淡淡笑意的男子。據聞他位居顯要，受人景仰，又有著如魔神般強大的力量，托托內心不由得為傳聞與本人之間的落差而詫異不已，但表面上仍維持一貫的微笑。

『——能和您見面，真是我無上的光榮。』

托托以聖騎士國家的語言跟他打招呼。

『不，我才是呢。沒想到傳說中的天國之耳，居然是這麼年輕的女性呀。』

托托嫣然一笑，有禮的回應。這般舉動，讓聖騎士不禁瞇起了眼睛。

之後又談了些關於嘉達露西亞的國情，但騎士卻只是出神地直盯著她瞧。托托忍不住有些困窘的詢問：『……怎麼了嗎？』

『咦？』

騎士一時恍惚，無意間露出了毫無防備的模樣。

托托微笑道：

『怎麼了嗎？您該不會是被我給迷住了吧？』

托托促狹地開口，貴為騎士的青年爽朗一笑後點了點頭，老實回答：『是呀。』

『真是不好意思……』

見對方如此坦率地頷首，托托暗自窺探他的神色，思忖著該做出反應好呢，還是當作沒這回事。但騎士躲開了托托的目光，眼角瞬間變得柔和，啟唇輕道：『我的妻子……』

『那個……其實我們才剛舉辦完婚禮。因為……妳說話的語氣跟內人有幾分相似，我才忍不住聽得入迷了。』

太過坦率的表白，反而嚇到托托。她一直盯著騎士的臉孔，而騎士只是難為情地不停向她道歉。這就是傳聞中那個在戰場上攻無不克的聖騎士嗎？托托訝於他的坦然，同時心中也燃起了一絲絲溫暖。

『才剛結婚就得分離，您一定覺得很寂寞吧？』

『是啊，的確有一點，她是個心思複雜的女性——』

聖騎士說著，目光不覺飄向遠方。

『不，這個世界上應該沒有哪個女性是簡單易懂的吧，我可是求了好久的婚，好不容易才讓她點頭答應嫁給我呢。』

『哎呀，您這是在跟我炫耀嗎？』

托托故意裝出很困擾的模樣。騎士說：『還請見諒，畢竟和她分離真的很不好受呀。』忍不住靦腆的笑了。

『您的夫人是怎麼樣的女性呢？』

面對托托的問題，騎士把手指抵在唇邊，思索了好一會兒後才一臉認真的回道：

『她是位很美麗——很堅強的女性。』

『哎呀，居然會被聖騎士稱讚很堅強呢。』

面對托托壞心的促狹，聖騎士僅是淡淡一笑，搖搖頭說：『不是這樣的。』

『如果沒有她，我大概也無法揮劍殺敵吧。』

短短一句話，卻隱含了他對妻子深切的愛戀。托托頓時啞口無言，面前的騎士突然變得無比耀眼。

感嘆別人的幸福是件容易的事，但托托覺得，想得到幸福並不如口頭說的那麼簡單。擁抱共同的痛楚與苦難，即使如此，也仍然想要在一起。這才是幸福。

托托自問，曾有過那種經歷嗎？答案是否定的，但托托當然說不出口。回憶過往的點點滴滴，無論何時，陪在自己身邊的永遠只有那個孩子。

騎士笑著對兀自陷入沉思的托托開口道：

『可以請妳告訴我這裡有什麼名產嗎？如果可以，最好是……會令女性開心的那種。』

『是，當然沒有問題。』托托也報以微笑。

是要送給誰的土產呢？這種不上道的問題就毋須多問了。

送別為了趕往下個港灣而短暫停留、卻令她留下深刻印象的聖騎士後，托托決定在晚餐前先回房間休息一下。回程的路上，正準備走過中庭時，托托偶然發現一抹躲在樹蔭底下那張長椅上的纖細身影。

「——緹蘭？」

托托不太肯定地喚了一聲，長椅上的背影隨即轉過頭來。

「妳好啊？」

一如往常，她臉上綻開了如小惡魔般充滿魅惑的盈盈笑意，親切地問候了一聲。那雙彷佛會吸人靈魂的黑曜石眼瞳也跟從前一樣，總散發著不可思議的氛圍。

自從托托接下外交官的職務，又被冠上「天國之耳」的美名後，她和緹蘭之間的關係也漸漸改善了。若對緹蘭大獻殷勤或太過恭敬，只會讓她感到不愉快，她要的只是平等的對待。不只因為這樣比較輕鬆，而是伴隨著緹蘭強烈的自我意識使然。

身為公主的她身邊總是絢爛華麗，同時颳著暴風雨。而被捲進去並非托托的工作，但她無法放手，也無法在遠方看著。

「……妳在這裡做什麼啊？大臣到處在找妳呢。」

在人前總莊嚴自重的托托，只有在與緹蘭兩人獨處時，才會輕鬆地閒話家常。

「聖騎士大人離開了嗎？」

緹蘭沒有回答托托的問題，依舊故我的只說她自己想說的話。托托無可奈何地嘆了口氣回答道：

「是啊，已經離開很久了。」

原本應該是由緹蘭出面接待訪客的，沒想到她居然臨陣脫逃，托托半是無奈、半是深感佩服。

緹蘭「嗯哼」了一聲，用手指捲著自己的長髮把玩並輕喃著：「早知道我就該遠遠地看他一眼，看他是多恐怖的男人呢？」

聽她這麼說，托托不禁笑了，緩緩地在緹蘭身邊坐了下來。這優雅的動作，並未受到緹蘭拒絕。

「不是妳想的那樣，他長得很端正，是個很溫柔的人喔。」

「這樣啊。」托托的回答讓緹蘭沉默了好半晌，才又接著開口：

「還好我沒有去！」

隨著一聲短嘆吐出的話語，讓托托不禁揚眉。緹蘭手支著臉頰，一邊解釋著：「以對方的身分來說，我講這種話是有點失禮，但到時若是發展成得跟他聯姻，那我可受不了。」

托托對她搖了搖頭。

「不可能會聯姻的，因為那位騎士已經娶妻了呀。」

緹蘭打鼻腔哼出一聲嗤笑：

「他們的婚禮說不定也是為了某些利益吧，如果是這樣，說不定哪天取消婚約也沒什麼好大驚小怪的。」

緹蘭毫不掩飾的諷喻，讓托托再一次緩慢卻肯定地搖了搖頭。

「也有人是因為愛，才會選擇某個人啊……他就是這種人。」

托托並不是在說教。只是為了維護那個剛認識不久的聖騎士名譽，才覺得非得和緹蘭說清楚不可。

「托托妳也曾因為愛而選擇過誰嗎？」緹蘭瞥了托托一眼，喃喃吐出近似自言自語的疑問。

沒想到她會突然這麼問，托托的思考一瞬間停擺。緹蘭把全身的重量靠在椅背上，愛睏似地閉上雙眼接著說：

「欸，托托，戀愛到底是怎麼一回事啊？如果妳知道，就請告訴我吧。」

宛如吟詠詩歌般的一段話，卻讓托托深感困惑。

「這個嘛……我也不知道。」

她很自然地脫口而出這個答案。沒錯，我確實是不懂啊，直到此刻托托才再一次體認到這個事實。

曾經有個人選擇了自己，但那並不是愛情。今後，自己也會和某人相戀嗎？

對除了芳一之外的某個人抱持特別的情感……對托托而言，那是全然未知的領域。

緹蘭並沒有批判或嘲笑這樣的托托。吐出如羽毛般輕柔的嘆息，只要周圍沒跟著別人，她會稍微敞開心胸，連帶周圍的空氣也變得飄渺且毫無防備。

「托托，我啊，不過是個空殼罷了。」

彷彿鈴蘭的樂聲、彷彿歌詠，輕描淡寫的一句話卻讓人感到無比心痛。

「美麗的東西、好吃的食物，我要多少就有多少。」

她所說的話只是一時的情緒反應，托托並不認為緹蘭是個愚蠢之人。

這位公主一定非常聰穎伶俐，若她只是個愚笨無知的王族公主，大可以藉著高貴的身分盡情享樂快活。

但她知道，外在的這些物質享受有多麼空洞虛泛。

「所以，我什麼都沒有。」

此時的緹蘭，看在托托眼中竟有說不出的哀愁。

「根本沒有什麼東西是我真心想得到的。」

如彩蝶般輕巧地轉過身，她留下一句耳語般的叮嚀：

「走夜路時記得小心一點，天國之耳。」

——不過，我想妳的安全也沒什麼好顧慮的就是了。

幾天之後，一如往常地結束餐會後，托托走在王宮內院打算回到自己的房間。

這是個沒有月亮的夜晚。

正準備走過無人的長廊時——

托托突然停下腳步。只移動眼球窺視著周圍，梁柱暗處躲著一道微微晃動的黑影。

「……什麼人？」

聲音中沒有透露出一絲緊張的情緒，托托儘可能假裝平靜地開口。她知道，那黑影確實是個人。

因為有呼吸的聲音。不管再怎麼屏住氣息，還是逃不過托托的耳朵。

裹著一身黑衣的人影出現在眼前。從體格看來，應該是個男人吧。除此之外，托托對來人一點頭緒也沒有。因為對方只露出一雙眼睛。

靜靜地，但還是能聽見腳尖點地的聲音。對方手中閃動的光芒是屬於刀刃的寒光。

托托無言地瞇起眼睛，紫羅蘭色的眸光在黑暗中靜謐閃爍。

不管是晚宴或茶會中，承受他人的厭惡反感早已是日常生活的一部分。托托對藏在笑容底下的惡意也已經司空見慣，甚至還曾經從樓梯上被人推下樓呢。

托托得到了名聲。但圍繞在身邊的那些人，對自己可不是只有單純的讚賞。就算駑鈍如托托，打一開始也就看清了這一點。身處在這片黑暗中，有短暫的瞬間她不禁想——

也許會被殺掉吧。

但不可思議的是，心裡卻異常平靜。

我怎麼可能被殺掉呢。

在對方的利刃逼近前，托托突然提腳在石板地上輕敲了一下，發出一聲脆響。

這是暗號。

一抹人影從托托的腳底下浮現，下一秒立刻將男人手中的刀劍彈飛開來。

沒有使用耍手段的小魔法，除了輕盈飄浮在半空中的那個人之外，又有誰能如此輕巧俐落地踢飛那把利刃呢？

黑暗中浮現出水藍色的瞳眸和白皙的耳朵，芳一嘴上噙著笑。

「您好啊？」

他笑著模仿托托說話時的語氣，雙眼卻透露出危險的訊息。

跳開一大步的男人忍不住咋舌。

站在芳一身後的托托冷靜地詢問。

「報出你的名字來吧。居然連聲招呼都不打就劍刃相向，誰派你來的？」

托托不知道這次的暗殺出自誰的指示。若說有可能做出這種事的人，實在多到根本連想都懶得想。

是因為前不久剛從聖騎士手中得到的，那本表示友好的古老魔法書嗎？還是想探知很久之前在某國位居權要的人物，告訴另一國高層關於礦脈埋藏的正確位置？抑或是想知道那些逃出嘉達露西亞，亡命天涯的王族們的行蹤呢？

身為一流的外交官，從市井流言到暗地裡的外交仲介情報都得清楚掌握。也可以說，這就是以貿易為主軸的嘉達露西亞所採取的策略。

「你懂我在說什麼嗎？如果你能開口說句話，我也可以用你的母語和你交談。」

托托煽動似地由上往下看著那個男人，開口問道。但這個引發騷動的男人卻一句話也不說，只是握緊了手中的刀刃。

他眼中的殺意清晰可見，這便是他的答案了。

芳一在托托身旁轉了一圈飄浮在空中。

「好了，接下來該怎麼做呢？」

詢問的口氣裡透露著愉悅。芳一玩樂似地正等著托托下達指示。

就算沒有下達指令，他也照樣會行動吧。要托托下令只是因為他覺得有趣罷了。

（嘉達露西亞之花啊……）

老夫人的聲音在腦海中響起。托托從未想過自己存在在這個世界上的意義。

但她知道在自己體內的深處，確實堆積著某種黑暗沉重的東西。那東西猶如混合的金屬，有著冰塊的寒冷，卻又像火燄般炙熱。

暗殺者屏住呼吸，沉下腰身窺探托托的一舉一動，像是在目測接下來該怎麼展開攻擊。

托托瞇起眼，凝視著站在不遠處的暗殺者。

「……好吧，那我就下令吧。以薩爾瓦多·托托之名，要求使魔·芳一聽命——」

托托悄悄閉上眼。

從心底湧出的，是比憎恨更冰冷決絕的情感。

端正的唇形為了對使魔下令而微微蠕動。

「在被殺之前，先殺掉對方。」

冷凝的聲音從托托口中逸出：

「保護我。」

——好啊。她得到的是使魔歡愉的回應。

遠處傳來汽笛的鳴響。

托托已經在嘉達露西亞生活了二十多年，但對王城下的城鎮卻不怎麼熟悉。孩提時代的生活都在神殿裡度過，離開神殿後就直接住進王宮裡忙著學習如何當一名外交官，根本沒有機會到外頭走走。除了幾家常光顧的書店之外，托托對王宮外的街道並不怎麼了解。

戴著有大帽沿的帽子走在街上，漫無目的散步讓她心情大好。心情好的原因，莫過於這裡沒有人認識自己。

擦身而過的人們都不知道托托是薩爾瓦多家族的一員，也不曉得她是個大名鼎鼎的外交官。已經好久沒這麼自由自在的呼吸了，托托幾乎都快忘了這種感覺。

趁著難得的自由休假日出外散心，會建議托托這麼做的，當然只有那位不可思議地常常和她談話的小公主緹蘭了。

在晚宴上從不卸下的笑容背後，是日積月累下來的疲勞。緹蘭或許注意到托托確實是累了，累的不是身體，而是心。

最近老是作惡夢，大概是因為芳一沒有陪著自己睡覺的關係吧。

這陣子他老用魔力強制自己睡眠。

醒來時，空氣中似乎總有淡淡的血腥味。

托托並沒有為這件事質問芳一，也沒辦法和其他人商量。因為芳一之外，托托沒有信任的人可以商量這種事。

輕嘆一口氣，腳步自然地走向人群聚集的方向，也就是通往海港的市集。

嘉達露西亞的市集充滿活力，隨處可見異國物品密密麻麻陳列著。看著這樣的情景，讓托托感到雀躍、歡愉。

除了拚命記下社交舞的舞步之外，托托從不曾隨心所欲地踏著腳步見識這個世界，所以才覺得外頭的空氣格外新鮮。托托甚至認為，要是早一點出來看看就好了。

從港灣看出去的大海一望無際。嘉達露西亞的海域並不適合游泳，托托幾乎沒什麼到海邊游泳的記憶。過於遼闊的大海除了讓人感到神清氣爽外，同時也令人恐懼。

托托曾接待過無數從大海那頭遠道而來的客人。雖然知道大海的另一頭有無限寬廣的世界，但還是覺得很不真實。轉過身背對大海，托托開始眺望起嘉達露西亞港。這是托托的國家，或許也是她現在所守護的事物。

不想輸給任何人的想法時時鞭策著托托，讓她更加努力，也給了她勇氣。但是，保護自己這一行為意即保護這個國家，這樣的感慨經常令托托感到困惑。

使用芳一的力量守護這個國家。

做了這些事又能如何呢？異國的聖騎士都有揮劍殺敵的理由，但這個國家到底能為我們做什麼呢？

這種問題根本找不到答案。托托嘆了一口氣，背對大海緩緩邁出步伐。

在隨處可見旅客的紛雜環境中，托托一身的高級衣飾卻也不可思議地融入其中。

邊向路邊形形色色的店家問價邊閒逛著的托托，視線被市場一角撐起的大帳篷所吸引，該不會是街頭賣藝的吧？這勾起了托托的興趣。

走近一看，並沒有發現類似賣藝的人。

托托往帳篷裡窺探了一眼，卻被突然從裡頭衝出來的小小身影給嚇了一跳。

從帳篷裡衝出來的是個少女。

有一瞬間，少女的膚色令托托無法移開視線，因為那樣的膚色跟多數居住在嘉達露西亞的人們全然不同。那不是這個國家的人民會有的膚色，然而托托對那樣的膚色卻是再熟悉不過——

才想著，又有一個男人從布簾後衝了出來。那是個禿頭男子。男人大聲嚷嚷著異國的語言，他的膚色也和奔逃出來的少女相同。

托托豎起耳朵，集中所有意識，只為了能聽懂他們的語言。

男人一把抓起有著褐色肌膚的少女頭髮，用蠻力將她拽倒在地。

『妳以為逃得了嗎！』男人大喊一聲，掄起拳頭毆向少女的臉頰。

「啊！」

這一幕景象映入托托眼簾，讓她錯愕地呆愣在原地。這時托托身後又傳來另一聲怒吼，使用的同樣也是異國的語言。

『喂！明天就要交易了！你可別讓商品受傷喔！』

這句話讓托托的呼吸頓時一窒。

（是奴隸商人？）

托托心想這不可能。正確來說，是不該有這種事。

嘉達露西亞的奴隸制度早在一百多年前就已經廢止了。如果有人在這個國家裡進行奴隸交易，照理來說就會被視作罪犯流放海外。

本想召喚芳一，但托托想了想又猶豫著閉上嘴。

（要我出來嗎？）

怦通，隨著心跳鼓動，隱身在影子裡的芳一問道。

（不。）

托托搖了搖頭，輕聲回應。

「等一下。」

托托之所以猶豫，是考量到對方的惡行。既然對方是奴隸商人，那就不會只有單獨一個人。

就算他們的打手再多，也不可能是芳一的對手。但市場裡有那麼多人，如果芳一大開殺戒，真不曉得會對周圍無辜的人民帶來多大的傷害。再加上這麼一來，托托的身分也將被揭穿，在這裡引發騷動可不是明智之舉。

況且，也不能為建議她到市集散步的緹蘭帶來麻煩。

褐色肌膚的少女痛苦掙扎著，禿頭男子嘴裡仍怒罵不休，一隻手還用力揪扯少女的頭髮。總而言之，得先制止那個男人的施暴行為。沒有問題的，交涉可是托托的強項啊。現在還用不著叫出芳一，正當托托這麼想而準備往前踏出一步時——

有個從人群中跳出來的身影一把抓住了禿頭男子施虐的手。

那是個有著深綠色頭髮，穿著異國服飾的男子。一眼看去還以為是個青年，但從他的身形看來似乎還沒有完全成年，想以青年稱之又太年輕了。

事實上，當他站在禿頭男身邊時，身高雖然相差無幾，但體格明顯瘦弱許多。

『臭小鬼，你做什麼！』

男人用異國的語言大喊。

感受到那一觸即發的緊張氣氛，托托連忙想走近他們身邊。這時旅人開口了：

「我不懂你在說什麼。」

聲音輕輕的，語氣相當淡漠。

「但不管基於什麼理由，是男人就不該對小女孩動手。」

禿頭男雖然聽不懂他在說什麼，但似乎也明白對方正在責備自己的不是。

『你給我閃邊去！』

偌大的拳頭這次毆向了旅人。托托差點叫出聲來，猛地倒吸一口氣。

「啊！」

但禿頭男的拳頭並沒有擊中旅人。旅人甚至連肩膀也沒動一下，只是攤開掌心移到自己面前，輕而易舉地就令禿頭男的拳頭偏了方向。

用力過猛的禿頭男像是被壓扁的青蛙般發出一聲慘叫，隨即趴倒在地。

「妳沒事吧？」

旅人看也沒看那個對自己揮拳相向的禿頭男一眼，只對癱坐在地上的少女關心詢問。少女拚命地求救，但旅人聽不懂少女口中的異國語言，臉上掠過一抹困惑神色。

好不容易從地上爬起來的禿頭男，像是煮熟的章魚般因羞恥而脹紅了臉，再一次對旅人揮出拳頭。

「不行！」

托托情急之下喊了出來。旅人並非因為這聲警告才做出反應，他一個旋身，已牢牢地抓住禿頭男的拳頭。

「想決鬥的話，就找個適合的地方吧。」

旅人以認真的語氣說著不合時宜的對白。抓著拳頭的掌心似乎加重了力道，禿頭男忍不住發出痛苦的悶哼。

『放開我，放開……』

旅人雖聽不懂他說的話，仍是放鬆了扣住他的力道。禿頭男用比膚色更加漆黑的雙眼狠狠瞪住旅人。癱坐在地的少女嚇得淚流不止。

這樣下去根本沒完沒了，托托挺身介入兩個男人之間。

『妳想幹嘛！』

『這是在做什麼？你們在路上做買賣嗎？』背對著旅人，托托直視奴隸商人，用流利的異國語言攀談。

『不是……』聽到熟悉的母語，奴隸商人臉上掩不住驚訝，由上往下打量起托托一身看起來價值不斐的服裝，搖了搖頭用低沉的聲音回道：

『明天才要開始競標。』

托托終於確定，這個人的確是奴隸商人沒錯。

『這樣啊……』

眼光瞄向坐在地上抽噎的少女，托托心裡也有了決定。

『我要買她。』

『什麼？』

『這個孩子是商品吧？我說我要買她，你開個價吧。』

這樣的發展似乎超出了男人的預期，他的眼裡明顯寫滿了困惑。

『這、這不是開不開價的問題，這丫頭是明天的競標商品啊……』

托托拿下別在胸前的胸針，丟給不乾不脆的奴隸商人。這樣的動作絕對稱不上優雅，但因為生理性的厭惡，托托就是不想和那個禿頭男人有任何接觸。

『這樣夠嗎？』

男人仔細打量起丟向自己的胸針，看出胸針價值不斐後忍不住瞠大眼睛，立刻一臉涎笑對托托行了一禮，趁托托還沒改變心意之前轉身回到帳篷去了。

托托先是對止不住哭泣的少女輕聲安慰，而後站起身面對那個旅人。

一時之間會忘了先打聲招呼，大概是因為這是托托第一次正視他的關係吧。從外表看來，稱對方少年確實不為過。他看起來就跟托托剛從神殿畢業那時差不多年紀，身高也和托托相差無幾，往後還會再繼續長高吧。粗硬的綠髮長至肩頸，他有張剛毅不屈的面孔。

然而比起這些，最吸引托托目光的，是少年鼻梁上那一道深深的傷疤。那不是這一、兩天才弄出的傷痕，撕裂般的疤痕與其他部位的膚色明顯不同。

厚實的身體一看就知道他不是個生意人。

被托托眼睛眨也不眨地注視著，少年略顯尷尬的別開視線。也許是不習慣這樣的壓迫感，少年連頸子都有些泛紅。

「那……我先告辭了……」

他大概是認為言語無法相通，再待下去也沒意思吧。

這時托托才驀然回過神，對他出聲：「請等一下！」熟悉的語言傳入耳中，反而讓少年嚇了一大跳。

「沒錯，我是這個國家的人。抱歉嚇到你了。」

為了讓他放心，托托扯出一抹微笑。看著托托的笑容，少年又再次困窘地別開眼。

「你的手還好吧？」

少年雖然沒有挨拳頭，但托托還是慎重地伸手想替他檢查一下，沒想到他卻驚訝地抽回手臂。

「啊，不是……」

仔細一看，才發現他整張臉全脹紅了。

「我沒事！」

托托忍不住噗嗤一聲笑了出來。

自己有多久不曾像這樣笑過了？托托心想。此刻笑容卻自然而然地浮現在臉上，又接著開口：

「你剛才明明那麼有氣魄的。」

托托的促狹令少年更加面紅耳赤，連話都說不出來。

托托仍是笑著，一邊輕撫緊揪著自己衣物的少女頭髮。

少年瞇細了眼看著面前的兩人，忍不住出聲發問：「這個女孩……是妳的孩子嗎？」托托緩緩搖了搖頭回他：「不是。」

「她差一點就要被抓去賣掉了。」

「被賣掉？」

少年登時無言。看得出責任感極強的面容上，緩緩浮現出慍怒神色。眼看他就要轉身立刻去替少女討回公道。

「不可以！」

托托急忙扯住他的手腕。

在少年回過頭想開口之前，托托已經早他一步出聲：

「你一個人去也沒辦法改變什麼。這個國家有取締奴隸商人的法律，我會向王城通報。等他們明天開始競標，就能一口氣人贓俱獲了。」

托托說話時有一股無法忽視的氣勢，令旅行中的少年不由得瞇起了眼。

「妳是？」

少年的疑問讓托托怔了一下連忙鬆開手。

流利的外語能力和一副對這種事習以為常的態度，或許讓對方感到不對勁了。「我是……」托托的視線在空中逡巡了一會兒，想辦法要編些理由蒙混過去。對方只是個不認識的旅人，根本沒必要讓他知道自己真正的身分，托托這麼告訴自己。

「我是學校的語言老師，在王城裡……有認識的人。」

在外交場合中，托托早已習慣說謊。這些謊言再自然不過地從她口中逸出。

「喔喔，妳是老師啊。」

少年佩服地點了點頭。看來似乎是相信了托托的說詞。

「難怪妳說話的用詞這麼優美。」

光是交談就會臉紅的少年，讚美別人時卻那麼直接，讓托托也不禁靦腆起來。

「能得到你的讚美是我的光榮……那你呢？」

會詢問對方只是單純基於禮儀。但他卻挺直脊梁，直視托托的雙眼報上自己的名字：

「我是傑昆．K．吉達利。為了成為一流的武者，現在正在進行武者修練。」

他的回答令托托不由得瞠大雙眼。

臉上也不禁地再度漾起笑靨。

這就是托托與傑昆的相遇。

托托將奴隸商人一事呈報給緹蘭和老夫人知道，隔天便成功逮捕了奴隸商人與買方。而後，托托也把這個好消息告訴了傑昆。

從那之後，托托總會找時間出城上市集走動。傑昆完全不曉得托托外交官的身分，也不知道她身為薩爾瓦多家族的那一面。就這麼單純地相信托托是個語文教師，也以「老師」稱之。每次聽他叫自己老師時，托托心裡總有些疙瘩，但和傑昆交談時不用爾虞我詐地勾心鬥角，讓托托覺得和他在一起相當輕鬆自在。

傑昆說他再過不久就要到大海的那一頭去了，所以托托主動提議要教他語文。她只是想維繫著，這段短暫卻不可思議的緣分。原本托托是這麼打算的。

托托聽習武的傑昆說了許多事。他說的是托托熟悉的母語，但又有種獨特的鄉音。傑昆雖然完全不懂魔法，卻練就一種叫作氣功的功夫。一位從遙遠東方來的師傅教會他這種能力，不同於魔法或精靈術，那是從身體內部發出的一種力量。

托托也曾片段聽他提及過，他之所以會不停旅行以追求高人一等武力的原因。

他所受的傷不只臉上那一道傷疤，而是遍及全身上下。傷口烙印在身上的瞬間，他也失去了最愛的人。

那個人就是他的母親，也是他在這個世界上唯一的親人。

他所追求的是可以守護某人的強大力量。為了保護某個人，他必須擁有不輸給任何人的拳頭，和堅不可摧的強壯身體。

托托微瞇起眼，靜靜地聽他訴說。

沒有任何理由，托托不否認自己確實被眼前這個介於少年與青年之間的男人吸引。但托托也確信，對方並沒有愛慕自己。

雖然知道他凝視自己的眼神是那麼柔和。

但是，托托已經決定不再當別人的媽媽了。像是被重疊上某人的身影，當個代理母親這種事情她可不要。就因為如此頑強的念頭，反而讓她的真心也被隱匿，托托刻意忽略了自己真正的心情。

她從不對傑昆提起外交的事，當然對魔法也是隻字未提。

托托只告訴傑昆自己有個孩子：

「他是個很讓人費心的孩子。個性暴躁，天不怕地不怕的，非常任性，又討厭無聊……」

「可是……」托托又接著說：

「他是個好孩子……真的，真的是個非常溫柔體貼的孩子。」

話才出口眼眶就忍不住紅了，托托將胸腔裡滿溢的心情化作言語娓娓訴說。

像是不知道該怎麼安慰這樣的托托，傑昆抬起手又放下，用力地點了點頭。

「……如果是老師的孩子，那他一定很溫柔。」

托托與傑昆從沒有觸碰過彼此。

反正他只是個過客啊，托托心裡是這麼認為的。等他離開這個國家，就會忘了托托這個人吧。不管是嘉達露西亞之花或薩爾瓦多之女，甚至是天國之耳，他都渾然不知，只把她當作一位語文老師，然後總有一天會漸漸遺忘。

這樣就好了，托托告訴自己。

托托的周圍沒有任何人知道傑昆的存在。

唯一知道的只有芳一，但他卻用非常不悅的表情說：

「我討厭那個傢伙。」

黑暗中傳出了低沉的悲鳴。

銳利的冰刃撕裂了一身黑衣的男人。

倒在一旁的托托似乎已經失去意識，短時間內不會再睜開眼了。

一切都發生在托托打開自己房門的瞬間，那是輕微的電擊。雖然是趁著夜色進行的偷襲行動，但沒有多加注意就拿出鑰匙打開房門的托托也太粗心大意了。芳一雖然這麼想，但這並不構成讓他饒恕入侵者的理由。

每當有懷抱惡意的傢伙襲擊托托，芳一肯定會二話不說地加倍奉還。一開始來的都是些以肉搏戰見長的彪形大漢，不過最近倒是多了不少魔法師。再說到今天的刺客，他所使用的魔法讓芳一不悅地扭曲了表情。

揪住對方的頭髮，粗暴地吸取他體內的魔力與生命力，讓他再也無法抵抗。

「阿貝爾……因……」

嘶啞的呻吟聲令芳一感到血脈賁張。他唇角微勾，無謂地出聲：

「沒錯，我就是嘉達露西亞的食人魔物！」

男人的臉孔因恐懼而扭曲變形。

這樣就好了，芳一心想。這樣就好。這樣才是對的。偶爾這樣……也不錯。

將臉貼近到都快吻上對方的距離，芳一臉上掠過一抹獰笑，彷彿呢喃著愛語般對男人輕柔地說道：

「像你這種人，根本連形體也不需要嘛。」

有多久不曾直接啃食人類的血肉了。

「住手……」

芳一扯下魔法師的一隻手臂，劇烈的痛苦讓男人發出不成聲的哀號。血液四濺，沾上芳一的臉頰。

自己手裡抓著的，是鮮血淋漓的男人手腕。芳一木然地望著殘缺的肉塊。

少了些柔軟，那是隻骨感分明的手腕。

一點都不像，那是完全不同的東西，卻有著相同的形狀。

（總是擁抱著我……）

那柔軟的觸感……

芳一抬起頭，直視眼前的男人。

失去手腕的傷口，被他以僅存的魔力燒灼起來。

芳一想道，原來他還能有這點能耐啊。

身為魔物的他無法理解，為什麼人類竟有這般強烈到近似貪婪的求生意志。

「你走吧。」

芳一自然而然地脫口而出這句話。

男人臉上寫滿無法理解的訝異神色，但仍擠出最後一絲力氣消失在黑暗中。看著男人的影子逐漸遠去，芳一並沒有追上去的念頭。

他大概……

已經無法再使用魔法了吧。

芳一將留在自己手中的那隻手腕燒盡。

手指輕輕抹去沾在臉頰上的血跡。

「我是食人魔物。」

芳一呢喃著，並不是要說給誰聽。

「是嘉達露西亞傳說中的食人魔物。」

那是從喉間硬擠出來的破碎聲音。

這是不會改變的事實，也永遠無法改變。

會放過那個男人，只是一時心血來潮罷了。不過是有點提不起興致……反正我的魔力很充足，現在也不是太餓。

芳一為自己找了許多藉口。

要我殺了他也行啊。

要我把他吃得一乾二淨也沒問題。

「……媽媽……」

將托托抱回床上，芳一執起她的手。

在安穩沉睡的托托身旁，白色的枕套被幾滴透明的水滴浸透。

（喂，媽媽……）

人類的身體為什麼這麼不中用呢？

芳一覺得，這副身體一定是壞掉了。因為使用太久，所以才壞掉了吧。如果不是這樣，

那不是太奇怪了嗎？

……為什麼沒有任何理由，眼淚卻掉下來了呢？

芳一心裡這麼想。

無法飛上天空的鳥兒只能等待死亡。

不會游泳的魚兒也是一樣。

那麼……

無法吃人的食人魔物呢……？

芳一心裡還找不出答案。

「老師。」

傑昆扶住了眼前搖搖晃晃的肩頭。

那是在他打算從暫居的住所外出時的事。為了表示自己打算告辭而行禮的托托，抬起頭的那一瞬間——

「妳沒事吧？」

直到傑昆這麼問之前，托托一瞬間恍神了。

一陣強烈的暈眩襲來，托托根本沒注意自己的身體都已經傾斜了。

「妳的臉色好差，是不是身體不舒服啊？」

「沒事……我沒事。」

「沒事的人臉色才不會這麼差呢。」

他說的太認真，教托托忍不住失笑，但傑昆臉上沒有一絲笑意。平常只要惡作劇地多看他幾眼就會連耳根都紅透，忍不住別開視線的害羞男孩，在表達關心之情時總是直直地望進托托的眼睛深處。

「我送妳回去吧。」

此時的天色依然明亮。和平時一樣，為傑昆上完語文課後，托托正準備踏上歸途。

「不用了。」

托托搖搖頭。

「那就讓我跟著妳吧。」

傑昆固執地要求。

托托困擾地嘆了一口氣，「那就送我到廣場前的噴水池吧，那裡離我家很近。」托托住在王宮裡，說是「家」其實並不正確。

傑昆似乎很失望，但還是說了聲：「我知道了。」

「可能是最近氣候的變化太大，我的臉色才會不太好吧。」

托托隨口編了個理由推託，想讓傑昆打起精神來。我的謊話也說得愈來愈高明了呢，心底某處卻有個聲音冷冷地嘲諷自己。

傑昆沒有接話，像是嘴裡吃到沙子似地，露出一臉抑鬱的表情看著托托。

黃昏時刻總帶著一絲寂寥。托托並不覺得討厭，走在萬物寂涼的暮色之中，細細品嘗著再過不久即將悄悄到來的分離。

「你什麼時候要離開？」

走在傑昆前方數步的托托問道。她曾經走在傑昆的身後，兩人的身高雖然相差無幾，跨出的步伐也差不多大，但托托必須小跑步才能追得上他的身影，連帶一段路也走得氣喘吁吁。從那次之後，傑昆總習慣走在托托的斜後方。

「不……我還沒決定……」

傑昆說他還沒決定什麼時候要啟程。未竟的話像是猶豫著該不該說出口般，只聽見他的喉間逸出了不甚清晰的輕哼。

「你說什麼？」

托托笑著回頭。那絕不是在晚宴餐會上刻意顯露、訓練有素的美豔笑容，而是天真質樸、宛如少女的無邪笑靨。托托並沒有意識到自己此刻正露出什麼樣的表情。

那麼燦爛耀眼的笑靨，令傑昆不由得瞇起眼深深凝視著。「老師……」逸出口的聲音裡包含了某種決心。

但就在這個時候——

「啊！」

傑昆突然一把扯住走在前方的托托手腕，用力將她拉向自己。

「咦？」

失去平衡的身子眼看就快傾倒，托托全身的重量都壓在傑昆一隻手臂上，只見傑昆的身形輕巧一轉——

順勢將托托擁進了懷裡。

「唔！」

「唰」的一聲雜音在耳邊響起。無形的沉重壓力伴隨著衣衫被撕裂的聲音，在眼前擴散開來的是一片不吉祥的鮮紅。

「……傑昆！」

托托大喊。好幾道冰刃突然朝托托的所在之處落下。

（居然做到這種地步！）

托托不由得顫慄。是從哪裡進行狙擊的？對方又有幾個人？

不會錯的，這的確是懷著惡意針對托托進行的攻擊。「你快逃！」托托對肩上已被劃出一道口子的傑昆大喊，但他臉上卻不見一絲驚慌。傑昆好似自己肩上正在滲血沒什麼大不了，轉過身背對托托，擋在她的身前。

不要這樣！托托試圖阻止，但他仍是護在她的身前一動也不動。

傑昆沒有回過頭，只淡淡對托托說了一句：

「——我會保護妳。」

猶如被切斷絲線的木偶，托托無力地癱坐在地。握緊的拳頭抵在自己耳邊，淚水占據了眼眶，只能不停搖頭。

（不可以！）

托托拚命告訴自己，不可以！

（快點逃啊。）

但托托發不出聲音，心臟好像壞掉似地加速鼓動著。托托痛恨因這種事而動搖了決心的自己。

雙手抵在地面上，指尖不自覺用力捏住了掌心間的泥沙。托托痛恨自己的軟弱無能。

（說什麼保護……）

——而自己，為何又會因為這句話而心動。

這個時候，狙襲而來的冰刃映入托托的視野中。以魔法生成的冰刃並沒有變化成液體，而是在轉眼間氣化。冰刃雖然消失了，卻留下施術用的咒術紙。看著那張咒術紙，原本垂掛在托托頰邊的淚水頓時凍結。

（怎麼會。）

托托不敢置信地瞠大眼，倒抽了一口氣——

然後，慢慢抬起彷彿修羅的寒冰面孔。

冰刃之後，接著襲來的是火球攻擊。決心要代替托托承接火球的攻擊，傑昆已經攤開掌心開始凝氣。

但是，托托也不再遲疑了。

「——芳一！」

托托尖聲叫出這個名字。

一切都發生在眨眼之間。如子彈般衝飛出來的影子只是伸手往側邊一揮，便築起一道防禦阻擋了火球的逼近。

「——不入流的小雜碎！」

芳一不屑地吐出一句，將自己的姆指抵在唇邊咬了一口。一縷血絲漫散，在空中畫出了魔法陣。

這是芳一極少使用的高等魔法。

召喚咒語使用的是魔物的語言。無法傳進人類耳裡的咒語所召喚的，是潛伏在黑暗中的魔獸。

一頭有著漆黑毛髮的魔獸現形了。外表似豹，但卻是隻雙頭猛獸。

「追！」

在芳一的命令下，魔獸朝天一蹬躍上了屋簷，在屋簷與屋簷間移動著，轉眼間已不見蹤影。

「你是……什麼人……」

嘶啞的聲音來自傑昆。芳一回頭瞥了一眼，飄浮在空中睥睨著站在地上的傑昆。

「真沒用。」

他不屑地吐出這麼一句。

「你是什麼人！」

傑昆緊繃的神經仍未舒緩，不由分說就對芳一發動攻擊。芳一輕鬆避開他的拳頭，刻意接近傑昆身旁，輕聲囁嚅道：「我是天國之耳的使魔，你這個有著醜陋傷痕的臭男人！」

「天國之耳。」

芳一沒有再說話，雙眼只注視著托托。

「芳一……」

托托依然癱坐在地，緩緩朝芳一伸出手。

「怎麼啦？」芳一握住她的手問道。

托托的臉色異常鐵青。但比起在大白天遭受襲擊的恐懼，那晦暗的失意更是清晰可見。

「芳一，回答我。」

托托站起身質詢芳一。她的聲音顫抖，激動得連話音都有些破碎模糊。但她仍用低啞的嗓音明確表達了自己的意思：

「剛才襲擊我的人，是薩爾瓦多的魔法師嗎？」

芳一沉默了半晌，終於緩緩啟唇。

「……嗯，沒錯。」

散落在托托腳邊的，是薩爾瓦多獨創的咒術式。從小接受魔法教育的托托對這一點自是再熟悉不過。

「……」

托托搖了搖頭，心裡有太多的疑問。是誰？這種事發生過多少次了？為什麼？但縱然有太多疑問，芳一也無法為自己解答，她只好轉念。

「托托老師……」

傑昆一臉疑惑地望著托托和突然出現的褐膚少年。

他的肩膀被冰刃劃破，不過血已經止住了。托托很想留下來幫他好好包紮傷口，但現在已經不是做這種事的時候了。

「對不起。」

托托啟唇對傑昆說出的不是感謝，而是歉語。

「為什麼要跟我道歉？」

傑昆有些焦躁地反問。

托托別開視線不看傑昆，默默地牽起芳一的手。

「……因為，我對你說了很多謊話。」

所以，我沒有資格受到你的保護。

你也沒有必要保護我，握著芳一的手不自覺加重了力道。

「再見了。」

「——托托老師！」

傑昆嘶聲大喊，但托托已不再回頭。

「……帶我到神殿去吧。拜託你了，芳一。」

於是，托托與芳一乘著旋風轉眼消失了蹤影。

被獨自留下的傑昆握緊了拳頭，用力掄向身旁的高牆。

將他滿心的焦躁不快全宣洩在拳頭上。

推開門板的反彈聲顯示出來人的動作有多麼粗暴。

這裡是過去住過好長一段日子，曾經熟悉，如今卻不願再觸碰的地方。

「好久不見了……父親、母親。」

突然來訪的淑女優雅地出聲問候，讓屋內的長者一時之間忘了該有所反應。

「托托……怎麼了？妳怎麼會……」

早已從一線退下的父親站了起來，向托托走近一步；廚房裡的母親則是愣在原地一動也不動。多少年了，不曾好好說過一句話的雙親竟比想像中蒼老許多。

「有件事想請問你們。」

就像面對外交對象般，托托一開口就清楚明瞭地說明來意，但臉上少了平時總不忘掛上的笑容。失去血色的臉孔若不以禮相對，只怕早已亂了陣腳。

「妳是怎麼了？來，先坐下來再說……」

無視父親笨拙的貼心舉止，托托尖銳地開口：

「請告訴我……薩爾瓦多是不是決定要排除我了？」

這句問話，讓托托的父親——薩爾瓦多．吉歐魯頓時倒抽一口氣，臉色不再平靜。發出喀噠巨響站起身的，是托托的母親雅麗。鐵青著一張臉傾身向前的雅麗失聲大喊：「別再這樣了，托托！」

乾澀的嘶啞叫聲，猶如金屬般僵固且生硬。

「放棄那個惡魔吧！就是因為那個怪物，妳才會、妳才會……」

「雅麗！」

吉歐魯嚴厲的出聲打斷雅麗未竟的話，但仍是晚了一步，此時托托的雙眼已透露出比寒冬的大海更為冰冷的眸光。

「惡魔？……您在胡說什麼啊，母親。」

低沉怪罪的口吻讓雅麗頓時愣住，臉上全是迷惘無措。父親摟著她的肩膀安撫、也同時安撫著托托般緩緩開口：

「妳先等一下，先冷靜下來……托托，我們並沒有收到要排除妳的消息，為什麼事到如今妳還……」

「事到如今？是啊，您說得沒錯，是事到如今。所以我才想問清楚啊！」

托托滔滔不絕地說著：

「最近幾個星期以來，我被魔法師襲擊的次數多到令人厭煩的地步。而其中有一半的魔法師使用的是薩爾瓦多的法術，我的使魔也證實了這一點。」

托托所說的話，讓吉歐魯蠕動喉嚨發出聲響。

他或許無法相信吧。但托托才是最不敢置信的那個人。

是誰在背地裡操弄？不，無論如何——

對托托張開獠牙的，確實是薩爾瓦多的魔法師們沒錯。

孕育她，強制要求她背負薩爾瓦多之名活下去的魔法師一族。這些可稱得上是家族的人們襲擊了托托，這是個不爭的事實。

到底是為什麼？托托和那些同窗幾年的同學甚至算不上是朋友。

——事到如今，自己居然還會有被背叛的感覺。

母親雙手摀著臉，父親也沉默不語。托托始終緊盯著父母，不願錯過他們臉上閃過的任何情緒。

他們休想編織謊言來欺瞞自己。

吉歐魯躊躇許久後，終於再度開口：

「我們……不是想排除妳，只是……」

「只是什麼？」

吉歐魯沉重得開不了口。彷彿光是開口，都已經觸犯了悖逆之罪。

「……妳好像已經被提名為下任尊師的候選了。」

得到意想不到的說詞，托托不由得愣住。

薩爾瓦多的尊師現在幾乎不再公開露面，托托也知道再過不久薩爾瓦多的主事者將會改朝換代。但怎麼會提名自己呢？

「為什麼？」

吉歐魯坦白回答了托托忍不住脫口而出的疑問：

「那是因為沒有人的使魔比妳的更強。不只是現在的薩爾瓦多，就連過去的薩爾瓦多魔法史上也沒有。」

托托屏息著。

吉歐魯淡淡地接著出聲：

「托托啊，妳當上外交官之後，工作上的成就有目共睹。要說妳已將那個強大的使魔之力化為自身的力量也可以。因為使魔的力量……就是魔法師的力量。」

「這麼說……」

之所以會遭到襲擊，是因為有人不想讓自己登上尊師的位置。但就算如此，托托還是很難釋懷。

吉歐魯從托托身上移開了視線，輕輕說道：「不過我們拒絕了。因為我們知道，妳並不希望得到那樣的地位，所以——」

下個瞬間，雅麗突然尖聲大喊：

「那種惡魔，快點隨便拿去送給誰都好！」

這句話讓托托確信了。沒錯，也就是說——

只要能得到芳一，就能成為下一任尊師。

只要殺了托托，切斷契約，芳一就能重獲自由。

「……我不要……」

但這個事實，比自己受到狙擊更令托托無法忍受。

「我不會把那個孩子讓給別人！」

發出尖銳刺耳叫聲的同時，托托也伸出雙手遮覆住自己的雙耳窟窿。

「我不會把那個孩子交給任何人，那孩子是屬於我的！」

托托歇斯底里地大喊，吉歐魯摟著雅麗肩頭的手勁也更緊了些，但仍是一臉沉痛的對托托說：

「沒錯……那個使魔，他是屬於妳的沒錯……托托……」

這麼多年來，比父親和母親都更貼近自己，以家人的身分陪在自己身邊。所以，沒有任何人會懷疑他屬於托托的事實。但是，吉歐魯又接著說：

「但是，妳的負擔……實在太重了。這也是不爭的事實。」

托托只能咬緊牙關承受這句話。

你們根本不相襯。

這句話，過去托托已經聽了太多次。但她心想，這一點關係也沒有。沒問題的，因為……

「……就算如此，芳一還是我的孩子。」

負擔太重算什麼？即使不相襯又如何？

托托選擇了芳一，芳一也選擇了托托。

只是這樣難道不行嗎？怎麼可能不行！

托托一直以來都是這麼認為的。

但是，吉歐魯卻對她搖了搖頭。

「現在還無所謂，連繫你們的或許不是魔法，而是彼此的信賴關係。但是，托托妳忘了一件很重要的事……妳……是個人類啊。」

如果能塞住耳朵什麼都不聽該有多好。這個時候，托托萬分痛恨起自己這對總是聽得太清楚的耳朵。

如果可以，托托真的很想毀了自己的聽力。因為她不願再聽吉歐魯繼續說下去了。

「人類總有一天會死。那隻食人魔物會被孤獨地遺留在這世間。失去了主人——失去了妳這個母親之後，他要怎麼辦？妳有為他想過嗎？在失去妳，終於得到解放之後，他又會步向什麼樣的未來，妳有想過嗎？」

托托的肩膀不停顫抖。喉嚨深處像是哽著什麼東西，連呼吸都感到艱難。

就像布滿天際的烏雲，胸臆之間完全被絕望占據。顫抖的身體始終無法平復。

雅麗只是一味地哭泣。擁著她肩頭的吉歐魯靜靜地、哀傷地說了最後一句：

「繼續這樣下去，你們……實在太可憐了。」

在薩爾瓦多悠長的魔法歷史中，從沒有出現過托托與芳一這樣的契約關係。連身為當事者的托托，對這樣的關係也仍有許多不清楚的部分。即使已經過了十多年也一樣。

契約的約束力也是其中一點。

不管托托有什麼願望，芳一都會為她達成。

這樣的關係模式一直都維持著。但托托的「請求」和芳一的「回應」並非來自支配，而是更加密切的呼應關係。就算有所分歧，但只要他們能取得一個平衡點也就夠了。

她與他的關係，說是「母與子」也不為過。

「我想命令你做一件事。」

所以，托托彷彿下賭注似地說出這句話。

「什麼事？」

飄浮在半空中的芳一臉上仍掛著笑意，但那張笑容卻籠罩了一絲陰影。是因為太疲勞的關係吧。這幾天來，芳一實在是累壞了。托托思忖，大概是消耗的魔力與攝食的量不成比例了吧。

不過，這樣正好。

「妳想要殺了誰？還是需要我打倒哪個傢伙？或是想逃到哪裡去呢？說吧，我會替妳達成心願的。」

瞳眸裡蓄著黑暗的光芒，芳一說著。

在短短幾秒鐘的時間裡，托托緩緩闔上沉重的眼瞼，輕淺地吐息。然後，她再度張開眼，凝視著眼前的芳一。

直視那雙水藍色的玻璃珠眼瞳，托托說：

「我要限制你所有的行動。」

芳一並不驚訝，只是懷疑地蹙起眉頭。

露出一臉「我不懂妳在說什麼」的表情。

「這是什麼意思？」

「我要把你……封印在我的影子裡一段時間。」

芳一微微瞇細了雙眼。

「……妳是認真的？」

托托的聲音低沉又嘶啞，臉上浮現近似痙攣的苦笑。

「妳知道那代表了什麼意思嗎？妳知道那會有什麼下場嗎？」

印在影子裡。

不單單只是讓芳一感到不自由。

而是完全切斷了來自外界的「食物」供給。若真變成這樣，芳一的身體就會自動吸取封印自己的影子魔力，與生命力。

這樣的狀況若持續太久，托托的壽命也會因此縮短。

但托托並沒有因此動搖，她沒出聲，只是頷首以對。表示這些事情她都清楚。

「這是什麼意思！」

芳一激動得大喊：

「給我說明清楚！現在就說！立刻就說！有什麼非得把我封印在妳影子裡不可的理由！」

「……這是……為了保護你……他們打算攻擊你啊……」

托托斷斷續續說著，但芳一並不接受。

「這根本不是理由！」

他搖搖頭否決了托托的論點。

銀色髮絲如寶石般閃耀。

「被攻擊的人是妳，妳也被攻擊了呀！沒道理讓妳來保護我！」

水藍色的瞳眸直勾勾地凝望托托，芳一放聲道。

用與初相識時無異的外表，說著不變的話語：

「保護妳是我的職責！」

如此強烈的反應讓托托一時之間不知該怎麼回話。棲宿在水藍色瞳眸中的光芒倏地一變，滲入一絲險峻與憎惡，芳一冷冷地說：

「……是因為那傢伙的關係吧！」

托托抬起頭。還沒搞懂這句話的意思，芳一已然逼近。

「就是那個男人，那個傷疤男！因為有那個傢伙在，就是那個傢伙……」

托托慌了，只能不停搖頭。

「不是的。你在說什麼啊，傑昆他是……」

「我不會放過他的！絕對饒不了他！」

飄浮在半空中，芳一激動大喊。

托托困惑了。至今為止，芳一從未拒絕過托托的要求。過去托托也曾抱著玩玩的心態，和其他男性有過短暫的交往，但芳一似乎只覺得傻眼或無聊，並不會太放在心上。

也不曾如此地悲嘆過。

「保護妳是我的職責！」

芳一快哭出來似地，發出悲慟的嘶喊。

啊啊……托托張開雙臂緊緊擁住飄浮在半空中的他。

芳一不懂什麼是戀愛、也不懂那些爾虞我詐的謀略。不，他根本不知道那是什麼。比無知更純粹的，他心中唯一的想法就是保護托托，那是他的愛情，也是他獨占托托的方式。

「我只有你啊。」

囁嚅似的耳語，絕不是謊言。

「我只有你啊。」

這句重覆了幾千次、幾萬次的話語。從孩提時代開始，每當流淚哭泣時，總像咒語般在耳邊輕喃的話語。

「這樣的話……」

芳一的聲音也顫抖著。

「那是為什麼……？」

托托閉上眼睛。

害怕自己會忍不住動搖。不，其實她心裡一直都拿不定主意。到底怎麼做才是正確的，就連自己真正的願望都快看不清了。

鬆開懷裡溫暖的身體，托托避開了芳一的目光。

芳一露出迷惘的表情，開口說：

「到底怎麼了？妳到底是怎麼了？天國之耳。妳覺得我會輸給那種傢伙嗎？如果我不在，妳就——」

「不許還嘴。」

托托伸指抵住芳一的額頭。

「我不要……」

芳一輕而緩地搖了搖頭。

「我不要這樣……」

芳一沒有抵抗，也沒有逃開。如果他願意，並非辦不到。

然而，他只是不敢置信地看著托托。

「汝，使魔芳一——」

托托啟唇念出她唯一會使用的魔法咒語。

「我以薩爾瓦多．托托之名命令——」

芳一的表情扭曲了。

「……為什麼……」

這是芳一最後的一句話。

「從今開始必須封印在我的影子裡，禁止你依自己的意志行動。」

不願面對芳一因絕望而扭曲的悲戚面孔，托托逃避似地悄悄閉上眼。

他被吸進托托的影子裡，直到托托再次呼喚那熟悉的名字之前，他都不會再出現了……

絕對不會。

托托握緊拳頭抵在自己的胸前，咬著牙切切呢喃：

「絕不會給任何人……這孩子是屬於我的。」

無法交談的空虛、沒辦法看見他的寂寞，都比不過可能會失去他的恐懼。

就算必須削減自己的生命。

擁懷著寄宿在胸口的小小靈魂，當天夜裡托托偷偷逃出了嘉達露西亞。

天國之耳突然失蹤的消息，隔天一早就傳進了緹蘭耳中。

「還真是奇怪啊。」一邊梳理頭髮，緹蘭淡淡地說出自己的感想：

「托托只是一夜未歸而已吧，怎麼就說她失蹤了呢？如果早上才回來，現在可能還在賴床吧？」

好像不是這樣呢，一旁的侍女回道。

聽侍女說她還打包了行李，就這麼失蹤了，這樣的回答讓緹蘭不禁笑了。

「嘿，沒想到大家居然這麼看重托托啊。」

緹蘭並不訝異，因為她早就料想到了。甚至還覺得這一天來得太晚。雖然不知道托托會逃到哪裡去，不過她也隱忍得夠久了。

從很久以前開始，緹蘭就認為托托不管何時逃離這個國家都不奇怪。

但托托並沒有這麼做。她沒有離開的理由有很多，但說穿了，也只是想要一個可以回去的棲身之所吧，緹蘭是這麼認為的。

放逐自己需要多大的勇氣啊，而人心總是太過脆弱。

緹蘭當然不是不了解那種脆弱。

所以，她的離開並不讓緹蘭感到驚訝。

連嘆氣都辦不到，緹蘭只能呆呆望著鏡中的自己。

幽幽地，囁嚅似的輕語從緹蘭的嘴角逸出：

「……結果，她連向我道別一聲都沒有。」

真是寡情啊，抱怨聲轉眼已落地散去。

身體像被灌了鉛般沉重不已，強烈的噁心感和暈眩不斷襲來。在旅店等到船隻出發的時刻接近，托托才拖著身體走出來。

這是托托生平第一次嘗到生命力被削減的感覺，但這種難受的痛苦滋味也是讓她知道自己還活著的證明。

是那個孩子，芳一存活在自己體內的證明。

托托不怕被襲擊，因為她知道有雙小小的手一定會盡全力保護自己。托托怕的是，有人想從自己身邊奪走那雙與自己相依偎的手，這是托托無論如何也無法忍受的。

（我只有你啊。）

我只有你了，托托在心裡輕輕低喃。

像是在尋求依靠，也像是在確認什麼般。

其實托托只要抗拒這一切就可以了。只要命令芳一殲滅薩爾瓦多，就用不著那麼為難；只要向那些人進行報復就好了。但是，托托卻選擇了逃亡一途。

如果得用自己的生命餵食芳一，那就盡量吃吧。

只是這樣的願望未免太愚蠢，所以托托才沒有說出口。

不過，托托是真的寧願和他一起凋朽腐化。

就算有人殺了自己和芳一，那孩子依然封印在自己體內。

不管是墳墓裡，或是死後的世界，托托都想帶著他一起去。

（不想再孤孤單單一個人了。）

托托不想再嘗到那種孤寂感了。而光是想到那孩子會對其他人伸出手，就幾乎快令托托瘋狂。

（我們……）

一定在什麼地方……

（選錯了路。）

所以才會走到這個地步。

（這樣也好。）

托托並不後悔。

（就算做錯了也好。）

比起做出正確的選擇，托托知道自己還有更重要的東西得守護。

不管這樣的罪孽再怎麼深重、再怎麼不可饒恕都無所謂。

（我只有你。）

逐漸朦朧渙散的意識中，托托一直不斷重覆著這彷彿咒語的呢喃。還有，芳一那句「我也只有妳呀」的回應。

遠處傳來汽笛的嗚嗚聲。托托知道自己該走了，到哪裡去都無所謂。好幾個港口的名字在腦海中掠過，其中也有傑昆準備前往的那個地名。

一想到傑昆，托托立刻別開視線以逃避揪心的痛楚，像在自我暗示般輕撫自己的嘴唇。

「我愛你。」

因為不能呼喚那個名字，托托只能將這句愛語放在口中輕輕低吟。一旦說出口，彷彿連神經都泛起甜美的輕微麻痺，原本溢滿心頭的苦澀也漸漸和緩了。

「我愛你。」

愛誰？愛著我那小小的……

眼皮重得快要闔上了。她心想，如果能趴伏在地，就這樣沉沉睡去該有多好。但就在這一瞬間——

「！」

手腕突然被人抓住。是誰？回頭一看，托托腦中霎時只剩下一片空白。

「終於……找到……妳了……」

話說得斷斷續續，因呼吸過於激烈而起伏不定的肩膀上，還纏著沒有固定好的繃帶。

「……傑昆……」

托托愣愣地出聲。

「妳說妳家在噴水池附近，是騙人的吧！」

抬起手臂抹去滑落下顎的汗水，傑昆像要屏除雜念般甩了甩頭。托托知道，他一定到處尋找自己，說不定已經找了一整晚了。

「……你在做什麼？」

「我在找老師妳呀！」

「為什麼……？」

在那麼尷尬的情況下分別，托托已經打算再也不跟他見面了，這是自己說了太多謊話所必須承擔的懲罰。就讓傑昆恨我吧，托托甚至不希望他懷抱著想和自己再見一面的念頭。

傑昆露出像是懊惱，又帶著些許怒氣的表情。

「在那種情況下分別，妳叫我怎麼能釋懷。」

傑昆用少年般清澈的眼瞳凝視著托托，固執地說。但現在的托托已經無法再回應他那樣的目光。

「我……對你說了很多謊……」

「我知道。」

「咦……」

托托茫然地抬起頭。傑昆沒有掩飾他臉上的失意，但仍是柔柔地開口：

「……老師是天國之耳，我說得沒錯吧？」

「為什麼……」

你調查過我了？托托追問。

「我早就知道了。雖然在第一次見面時，我沒認出來……」

他像是有口難言般扭曲了表情，又遲疑地出聲：

「我之前待在另一個國家時，還算小有名氣，當時就有人來找過我，對方說只要我能把這個國家的天國之耳帶回去，他就願意奉上高額的報酬，不過我不喜歡這種做法，當下就嚴詞拒絕了……那個時候，對方讓我看過妳的肖像畫。」

「這麼說……」

原來你早就知道了。關於托托的職業、托托的家世……就連芳一的事情也全都知道了。

但傑昆仍用不變的表情直視著托托說道：

「可是，老師很細心教導我外國的語言。所以對我而言，老師就是老師，這一點並沒有任何改變。」

多麼單純又坦率的一句話，完完全全將他純粹的人格表露無遺。

托托輕綻出如雪花般稍縱即逝的極淺微笑，但只維持了短短一瞬間。

「我得走了……」

托托搖搖晃晃地邁出步子。身旁的傑昆連忙扶住托托的手臂，也跟著踏出腳步。

「我跟妳一起走。」

「你別跟來。」托托停下腳步，虛弱地開口：

「我沒事的。」

「這句謊言編的可真差勁，太不像妳了。」

被他這麼一講，讓托托原本想說的話頓時全哽在喉間。「我不是說了不需要嗎！」用力揮開傑昆好意攙扶的手，托托突然動氣粗吼：

「我身邊已經有個使魔了！」

雖然封印了他的力量，但托托一開口，還是只能吐出這句話。

「我知道。」

傑昆並未因此動搖。

「跟隨老師的使魔，雖然有著稚氣的外表，卻是個非常厲害的角色。妳或許一點也不需要我這種半吊子的傢伙跟在身邊，可是……我就是想保護妳。」

看著托托因悲慟而忍不住扭曲的表情，傑昆重申似地再一次開口：

「我……想要保護妳。」

托托用力搖頭，像是要甩開他所說的那句話，只能夢囈般不斷重覆：「我已經有那個孩子了……」

就是因為那個男人，所以妳才不要我嗎？想起芳一曾說過的話。他質問了一遍又一遍，托托也一再地否認了。

所以，托托告訴自己，所以我不能接受他對我伸出的手。

「那又怎麼樣！」

傑昆一把扯住托托的肩膀。

「老師確實有個孩子沒錯！那孩子一定也會守護老師！但是，這並不表示妳就必須否認其他人的存在啊！」

為了讓托托看清現實，傑昆用力搖晃著掌心間纖弱的肩膀，直勾勾地望進她的眼眸深處，拚了命訴說：

「我知道妳把他看得很重！可是，妳身邊……還有我、還有其他人啊。」

太過純粹、也太過直接的一句當頭棒喝，而這句話也確實深深打動了托托的心。

托托的面容因抽噎而扭曲。

「沒有……」

像個少女般落淚，此時托托說話的語氣就像個無助的孩子。

「我身邊……沒有其他人！」

被當成吊車尾的、被父母捨棄、被朋友拒絕，一直以來都受到族人的排擠。烙印在心中的傷痕，遠比托托所以為的還要深、還要重。就算現在的她擁有能證明存在價值的武器，學會以微笑武裝自己，但她的心依舊孤獨。

托托說，沒有人在她身邊。

她唯一擁有的，只有芳一。

事到如今，托托怎麼還能承認其他人的存在呢。就讓封閉的世界一直封閉下去，直到一切劃下句點吧。

如果托托承認這個世界有多麼遼闊，即是代表芳一也能擁有更寬廣的世界，托托差一點就忍不住承認了。

還差一點，托托幾乎就快發現，其實他們兩個還有更多路可以選擇。

「老師……」

傑昆伸出手想觸碰托托。他想，如果不用觸碰來讓她感覺到自己的存在，那她或許一輩子都不會了解。傑昆認為只要能碰觸她，可能一切都將有所改變。

托托會動氣，只是因為現在的她就像個迷路的孩子。

就像一個佇立在人群之中，卻哭著說身旁沒有半個人的孩子。

多年來的旅程，讓傑昆知道這個世界有多麼寬廣遼闊，人們是多麼體貼溫柔。

必須有人主動緊抱著她不放，儘管這麼做，很可能會讓她的使魔怒不可遏。

但就在傑昆的手撫上托托的臉頰時——

一陣衝擊毫無預警地襲來。

「！」

啪！耳邊只聽見猶如巨大陶器碎裂的響聲。托托與傑昆腳下產生了裂痕，以他們兩人為中心的地面開始龜裂，形成一個圓形的魔法陣，綻放出詭譎的光芒。

「！」

托托突然使出渾身力氣推開傑昆，一把將他推出釋放亮光的魔法陣。

「你快逃！」

托托嘶聲大喊。

「托托老師！」

大地碎裂的無數碎片覆住托托的腳趾和腳踝，奪去了她自由行動的能力。

傑昆急得咋舌，同時也握緊自己的拳頭。

發出一聲如猛獸般的低吼，傑昆的拳頭用力打向地面時，強烈的衝擊讓托托腳下的地面又多了好幾道龜裂的痕跡。

突如其來的莫名狀況讓路過的行人全都嚇傻了眼，這等不尋常的騷動就像被捅破的蜂窩，嚇得周圍的人們趕緊抱頭逃竄。

魔法陣的光芒消失了，估計托托應該已能自由行動後，傑昆立刻把她拉向自己。

「不行、不行的，你快點逃！」

托托眼眶裡浮現淚霧，搖著頭說。

「我辦不到。」

他說要保護自己。也確實用行動證實了這句話。

魔法的攻擊不只打一處襲來。在托托逃離了嘉達露西亞之後，不曉得究竟聚集了多少魔法師打算對付她。她和她的使魔至今仍是屬於薩爾瓦多和嘉達露西亞的財產。

傑昆拉著托托的手，拔腿向前狂奔。

滑落的淚水模糊了視線，托托下意識揪住自己的胸口。

該呼喚嗎？

該把他叫出來嗎？

爆炸聲響與漫天塵沙在眼前飛舞。托托慌了、亂了，忍不住叫出從自己掌心間滑開的傑昆的名字。

人類的殺意化作聲音。托托的耳朵清楚捕捉到敵人的呼吸與屏息。

（不行！）

恐懼凍結了身體，就在這個時候——

一聲沉重的聲響，與此同時傑昆的身影突然擋在身前，而另一頭——

穿著灰色緊身衣的男人手持短刃刺入了傑昆的腹部。

托托發出不成聲的尖叫。但傑昆甚至沒有因痛楚而扭曲面容，放聲一喝的同時也將那個男人擊倒在地。

（會壞掉的。）

這樣的想法驀地浮上托托腦海。

（不行，會壞掉的——）

耳邊傳來的微小爆炸聲就像謊言般不甚真實。

然後是一聲悶哼。

這是傑昆唯一發出的悲鳴。

他的血在眼前飛濺。產生爆炸的，是刺入他腹中那把被貼上咒術紙的短刃。

鮮紅的血液迸散四濺。

那是肩膀上的刀傷無法比擬的，大量的豔紅鮮血。

托托放聲哭叫。

她再也無法忍受，幾乎就要瘋狂。

只能不停叫喚那個名字。

唯一能夠拯救她的，那個使魔的名字。

在漫天沙塵中，重獲自由的芳一衝了出來，輕瞥托托一眼。

芳一的臉色很難看。

「……結果妳居然是在這種情況下把我叫出來，還真是自私呀。」

他的魔力根本不足。為了不過度奪取托托的生命力，芳一也同樣大量削減了自己的魔力與生命。

托托抱著滿身是血的傑昆，哭得像個孩子般傷心。

傑昆雖然受了那麼重的傷，但並沒有倒下。剛才的爆炸，應該已經讓他的內臟遭受致命創傷了才對。

但就算如此，他還是沒有倒下——因為，他是個武者。

「幫幫我……」

托托哭喊著：

「幫幫我，求求你，幫幫我……」

是自己親手封印了使魔，強逼他斷食。但到頭來，什麼都辦不到的自己還是只能借助他的力量，托托知道自己有多麼自私。

但是，她已經什麼都辦不到了。

芳一別開視線不再看向托托。攤開掌心回敬了準備發動下一波爆炸攻擊的魔法師後，他說：

「妳別忘了。」

從芳一口中逸出的是算不上回答的答覆：

「無論何時，我一定永遠都在妳身邊。」

他的聲音，宛如羽毛般輕淡柔和。

那是一場壯烈的戰鬥。

不絕於耳的轟炸聲響甚至連遠處的王宮都聽得見。

芳一消耗了太多魔力，但傳說中的魔物仍使出全力與那群魔法師作戰，將他們一一擊退。

——即使削減自己的生命，也在所不惜。

「拜託……」

托托趴伏在血泊中，輕撫無法再戰的傑昆臉頰。

晶瑩的淚珠沿著臉頰滴落在逐漸流失生命力的身軀上，托托用細如絲線的聲音喃喃說著：

「誰都好，拜託快來幫幫……」

傑昆挺身保護了托托，而他的生命之火眼看就要熄滅了。

這場無法判斷究竟有多少敵人的戰爭仍在持續上演。

除了向神祈禱之外，托托已別無他法。

托托甚至認為，眼前這幕猶如暴風雨來襲的惡夢，說不定永遠都不會有結束的一刻。

就在這時——

不知打哪兒出現的集團轉瞬包圍住托托。太過突然的發展，讓托托不禁呆愣地抬起頭。

這次又怎麼了？疑問才剛浮上腦海，芳一也立刻注意到托托這邊的異狀，正準備朝圍住托托的人們發動攻擊時，有道纖細身影從人牆裡站了出來。

「——妳好嗎？」

出現在托托眼前的人，居然是黑蝶小公主。

「緹蘭……」

緹蘭對她從王宮裡帶來的人們下達指示，將傑昆抬上擔架立刻送回王宮裡醫治。

「為什麼……」

「哎呀，妳居然問我這種問題。太愚蠢了，實在是太愚蠢了，蠢到我都看不下去了！」

吐出不像公主該說的粗鄙言詞後，緹蘭雙手環胸、低頭俯視著托托，開口說道：

「這些話我只說一遍。」

她只說了這麼一句。

無關施恩或人情。

有些嘔氣似地露出不滿的神情，她只說了這麼一句：

「托托，我知道是我自己在一頭熱。不過我呀，也是在用我的方式……認為自己算是妳的朋友喔。」

托托的表情不禁扭曲。

還像個孩子、還在任性的究竟是誰呢。

是妳教會我戰鬥的方式。

在別的戰場，同樣在戰鬥的妳。

原本覺得無法互相理解也無所謂，但其實就算無法互相理解，自己與她是同樣的心情。

此時，遠處似乎有誰在呼喚托托的名字。

那是個女人的聲音。不知道她是誰，托托想，但卻胸口湧出安心感。那是打一出生就很熟悉的，纖細、柔軟，卻比任何人都更強而有力擁抱著自己的雙手。

「托托！」

早已遺忘的熟悉叫喚：

「托托、托托……！」

從那流著淚，嬌小的纖弱身體上傳來的，是始終忘不了的味道。

「……為什麼……」

托托夢囈似地開口：

「媽、媽……」

托托看見父母就待在自己身邊。父親為了守護她而以肉身擋在她身前，母親則以自己為盾，緊緊抱住她。

「沒事的……沒事的。」

母親的低喃聲中，有著托托從不曾聽過的堅強，擁著肩膀的掌心力道也是。纖細嬌小的母親，怎麼會有如此強大的力量。

我也是個母親啊，但那說不定只是自己太驕傲自負了，托托突然這麼想。也許，我根本就太自滿了。

因為身為母親，所以付出了愛情，但是……

所謂的愛情，難道不是相互不斷繞轉的嗎……？

急忙趕來的人群裡，也有已不問世事的尊師身影。

（妳不是孤獨的。）

有人對自己這麼說過。

（我一直都是孤單一個人。）

托托朦朦朧朧想著。

真的嗎。

……真的是這樣嗎？

難道不是假藉「自己只有芳一」這樣的理由，而別過臉不願去正視而已嗎？

頑強抗拒的人，難道不是自己嗎……

有些人一直都陪在托托身邊。就像現在這些為了托托而全力應戰的人們一樣，好久好久以前，一定也有人曾默默地為托托付出吧。

會認為這個世界黯淡無光，難道不是因為自己先把眼睛閉上了嗎？

（如果……）

真的有人一直默默地陪在托托身邊……

而芳一也有機會重來一次……

說不定，他也會因此得到更重要的東西。

現在才發現，或許已經太遲了。

托托不停祈禱。自己不管會變得怎樣都無所謂，不管要我接受什麼懲罰都沒有關係。

只希望我所深愛的人們，都能回復到原本寧靜的生活。
祈禱的對象不是神，而是……為自己而奮戰的人們。

被送回王城的傑昆馬上接受御醫的診療，但就連御醫也對他滿目瘡痍的內臟束手無策。
「傑昆！」
回到王城的托托疾馳著，嘴裡不停呼喊那個名字。
就算血液不斷流失，內臟破敗全毀，傑昆依然保有意識。
御醫們大嘆這簡直是不可思議。
他已經活不久了，每個人卻也異口同聲地告知托托。
儘管如此，托托還是伸出手覆住他的掌心，而他的手也依然強而有力地回握著她。
「別擔心……我……」
他剛強地笑著，卻抹不去覆罩在面容上的死亡陰影。
「……妳不要哭。」
他的喉間發出微弱的氣音，微微笑著。

到了這個時候，他仍在安慰托托，而托托除了流淚之外什麼都辦不到。

拜託，求求你們救救他！托托不斷向醫師和魔法師們懇求，但每個人都無能為力地對她搖搖頭。

啊啊……托托已然崩潰，身旁的緹蘭緊緊摟著她的肩頭。

托托被帶走後，還有一抹影子留在傑昆的病房裡。

「……所以我就說嘛，你真是個沒用的男人。」

芳一說著，水藍色眼瞳透露出打從心底的輕蔑。他沒有陪在托托身旁，而是留在傑昆身邊。

他的魔力消耗太多，幾乎已是所剩無幾，光是要飄浮在空中都很艱難。但傲慢如他，還是從空中睥睨著傑昆。

「憑你這種程度的力量，也想守護天國之耳嗎？哼，別笑死人了。」

「……從今以後，我一定會變得更強……我會變強，給你看的。」

傑昆睜著無法聚焦的雙眼，握緊了拳頭說：

「我要用這雙手，守護重要的人……」

芳一瞇起了眼，凝視著面前的男人。

「守護天國之耳是我的職責。」

「呵……」傑昆輕笑：

「是啊……因為，你是老師的孩子嘛……」

他的聲音破碎嘶啞，就算豎起耳朵也很難聽得清楚。

芳一俯視著這樣的傑昆，緩緩垂下眼瞼，然後再度張開。

「既然你都這樣說了——」

不悅的情緒顯而易見，芳一露出一點也不覺得有趣的表情，放聲道：

「——那就和我戰一場吧，傷疤男！」

請緹蘭讓自己獨處後，後悔的淚水不斷從托托的眼眶滑落。

因為自己任性的行為，害別人幾乎喪了命。傑昆為了保護托托，為了教會她什麼是真正的溫柔。

托托已經不再認為只要有芳一陪在身邊就好。

其實托托早就知道了。如果真的只要芳一，如果真的其他什麼都不要，那自己也不會如此痛苦。

到頭來，托托還是貪心的。想要得到力量、想要有個故鄉、想要光鮮亮麗，也想要身旁有人陪伴，托托渴望得到一切。

——但芳一始終都是孤單一人，始終只注視著托托。

絕望幾乎使人瘋狂，一抹柔和的氣息悄悄來到托托身邊。

抬起淚溼的面孔。飄浮在空中的芳一明明遭受了近似背叛的強行封印，但此刻浮現在他臉上的，卻是不可思議的溫柔神情。

「妳在哭嗎？」

他以微笑般的語氣輕輕問著。

「芳一……」

托托的臉孔再度扭曲。因為她知道，即使他露出這麼溫柔的表情，他也不會原諒自己的自私與任性吧。

「欸，媽媽……」

芳一柔聲囁嚅著。

彷彿回到了小時候。

「欸，媽媽，我有個東西想要給妳，妳願意收下嗎？」

那微笑的姿影宛若天使，芳一朝托托伸出雙手。

飄浮在空中靜靜微笑著，他開口說：

「我要把這對耳朵還給妳。」

面對一臉愕然的托托，芳一繼續道：

「包括這個名字，還有從今以後的未來……」

這句話就像宣誓。

猶如對神起誓般，連繫著彼此。

「全都還給妳。」

芳一解開了覆住托托雙耳的封印布。

在她的雙耳上，烙下溫柔的吻。

「所以，我也有件事想拜託妳。」

笑容瓦解了，頂著一張快哭出來的表情，他微側著頭。

「如果我死掉了，妳可不可以也像這樣為我哭泣呢？」

絕望占據了托托的臉孔，她只能狼狽低喃：「芳一……」

「說妳可以，告訴我妳願意。」

芳一只央求托托給他這個答案。

「這樣一來，就算把我的心帶走，也沒有關係了。」

他說，要分個勝負。

我要吃了你，他對傑昆呢喃道：

「我要吃掉你的身體。」

從他的頭髮、到腳趾，全部。他說，他要把他全部啃食殆盡。

以食人魔物之名，順從他的本能行事。

「這樣的話，照理說你就會變成我。」

就像當初他奪取了阿貝爾達因的身體時一樣，傑昆的身體也將會變成魔物的一部分再生，內臟的嚴重傷勢也會痊癒，芳一對他說明：

「但是，如果你的靈魂比我更強……」

接著，他說出決定勝負的標準。

「也許，我就會變成你。」

如果是在一般情況下，這種事是不可能發生的。就連阿貝爾達因的意識，也只是成為構築深層心理的材料，存在於芳一的潛意識中而已，就像那難以用筆墨形容的鄉愁。對芳一這般強大的魔物來說，這都是很平常的。

區區一介人類的靈魂，怎麼可能贏得過芳一。

但芳一知道，傑昆還是有勝算的。原因之一在於芳一此刻的生命力相當衰弱，現在的他實在太弱了。不過，傑昆的力量同樣也隨著大量的鮮血不斷流失。

而第二個原因，托托並沒有告訴任何人——其實傑昆體內也潛藏著魔力。沒有人知道他來自何方，但同為魔物的芳一能從他的血液中感覺到魔力的存在。

如果他潛修魔法，說不定還能成為讓托托望塵莫及的優秀魔法師呢。

而最主要的原因——就是芳一的耳朵。

經過了十幾年，他主動放棄那對耳朵。這麼做又會造成什麼樣的結果，其實連芳一自己都不知道。

芳一與傑昆，究竟誰的靈魂比較強？這一點，連芳一也無法預測。

「……為什麼……？」

因傷痛而寡言的傑昆問出心中的疑問。

「媽媽她……」沉默了半晌，芳一才緩緩開口：

「為你哭了。」

但這樣的解釋無法讓傑昆接受。

「……如果你死了……她會哭得……更慘的。」

芳一淡淡一笑，神色滿是寂寥。

「是嗎……」

「是的。」

明明連呼吸都已經有氣無力了，傑昆還是想也不想地立刻回答。真是個笨蛋啊，芳一笑著。不知道為什麼，總覺得現在的心痛得要命，卻又覺得相當愉快。

「我也覺得這是件很蠢的事。你硬要問我為什麼，其實我自己也不太了解。」

芳一的呢喃，輕得像是雨滴掉落的聲音。

「我不認為我和媽媽的關係是錯誤的，可是……確實是扭曲的。」

托托的愛很溫柔，也讓自己感到滿足，可是……

「我們畢竟不是母子。」

或許我們的關係像是母子，卻也像朋友，有時候甚至像情人。可是，卻不是任何一種。

芳一想，而且我們也不是主從的關係。

「但就算如此，我還是覺得這樣很好。」

芳一其實早就隱隱約約感覺到，人是無法獨自活下去的。所以，這樣就好。

真的，這樣就好。

就算托托的身邊有了其他人，不管是怎麼樣的朋友都好、老師也好、情人也罷，家人也無妨。

傑昆說他會守護托托，只有這一點令芳一難以接受。但除此之外，真的怎麼樣都好。

就算托托找到了比芳一更重要的東西，就算她不再「只有」芳一了，都無所謂。

因為她是人類，這也是沒有辦法的事。

芳一是個魔物。因為是個魔物，所以他只忠於托托這位主人，也認為只要能陪在她身邊就好。

然而托托並沒有這麼做。就像芳一心裡只有托托一樣，一直以來托托也只在乎他。

她明明是個愛哭鬼，又是個沒用的無能者。

老是在莫名其妙的地方分外頑固，芳一很懷念似地輕聲說著。

托托心裡一直懷著罪惡感，因為她還是無法克制自己想得到更多的想法。

——要說這件事沒讓芳一覺得開心，那絕對是騙人的。

芳一真的很開心。

托托雖然是個人類，那麼久以來卻只把芳一當作她的唯一。就算這是困住她的枷鎖，芳一也覺得欣喜。

「可是，已經夠了。」

這當然不是芳一的真心話。

「身為使魔的我居然會奢望這種事，真是笑掉人的大牙了。」

人類那麼軟弱易碎，輕輕一碰就會壞掉，但裡頭卻裝了許多複雜難解的心思。可是……

「我希望她能幸福。」

傑昆瞇細了眼，凝望緩緩道出真心話的芳一並出聲回應：

「……老師說的果然沒錯。」

「……？」

芳一微側著頭露出一臉不解，傑昆闔上了眼皮接著道：

「你真的……是個溫柔的孩子。」

哈！芳一不屑似地吐出一聲哼笑。笑著笑著，卻背過臉去。

為了忍住即將奪眶而出的淚水，還用力眨了好幾下眼睛。

「——傷疤男，如果我贏了你，我會用你的樣貌帶托托離開這個國家，所以……」

用不著把話說盡，傑昆應聲：

「我知道……如果是我贏了，往後的事……你不用擔心。」

就這麼立下了約定。

並非以名制約，也沒有以血起誓，這只是個小小的約定。

但足以令他們獻上彼此的未來。

芳一伸手罩上傑昆的心臟。

彷彿沉入深深的睡眠中般，悄悄闔上雙眼。

托托昏昏沉沉睡著，作了一個好久好久以前的夢。

夢境中的她還很幼小。在她的手掌還和小小的芳一差不多大的孩提時代。

托托窩在深夜的床上不停啜泣。一個人流淚哭泣的時候，芳一總會來到身邊。

『妳在哭什麼啊？』

——我還記得。

托托在深眠之中微微想著。

我還記得，那是還待在神殿裡的時候，大家一起飼養的貓咪死掉的那天夜裡。

當時的托托，稚幼得還不習慣度過孤獨一人的夜晚。

『我好害怕。』

小小的托托在回答時還藏不住哽咽，她拉著專屬自己的使魔衣角。

『妳怕什麼？』

在這種時候，芳一總會追問理由。大多時候他都覺得托托哭泣的理由很無聊，還會露出一副「真搞不懂這有什麼好哭的」的厭煩表情。

但是，陪伴在愛哭鬼托托身邊，是他的職責。

『真的很可怕啊——死掉真的是件很恐怖的事啊。』

那是個對於死亡的概念突然成形的夜晚。

貓咪的身體逐漸冰冷，好多小孩子都哭了。
——大家總有一天都會像那樣死去。
一旦理解了死亡，就好像窺探著深不見底的黑暗般，讓人恐懼不已。
不管是誰，孩提時代一定都曾走過這一遭吧。
對死亡突然有了真實的體悟。
但面對不停哭泣顫抖的托托，芳一既沒有出聲嘲笑，也沒有覺得不耐煩。
『妳不會死的。』
他直視著托托說道。
就像保證般斬釘截鐵。
『妳不會死的，因為我會保護妳呀。』
芳一所說的話就像魔法，輕而易舉就抹去了托托滿心的害怕恐懼。
那個時候，托托覺得自己被救贖了。
確實是得救了，芳一輕輕的一句話救贖了她。
不是覺得死亡永遠不會到來，也不是因為能被芳一守護的安心感。
托托的恐懼害怕之所以得到救贖，是因為——

托托明白自己一定會比芳一早死。

人類與魔物的壽命長度原本就不同，時間在體內流動的速度也不一樣。總有一天，自己會拋下芳一先死去；換句話說，托托永遠不必親眼目睹芳一的死亡。

那時候的托托還只是個孩子，實在太稚幼了，所以才會只想到自己。

如果目睹死亡是這麼悲痛難耐的事——

那麼，對方說不定也是活在不知何時會失去自己的恐懼當中吧。

再三的磨合，早已扭曲變形。

因為太過寂寞，才會互相渴求。

我想，我們的關係一定有哪裡出了錯。

但是……

（就算如此……）

我也從不後悔——托托是這麼認為的。

緩緩睜開眼時，世界充滿平靜安寧。托托心想，有多久沒這麼安靜了？

對了，我的耳朵回來了嘛。

有道人影正深深凝視著托托。

有一瞬間，她將眼前的人影看成自己那小小的孩子。

總是在托托睜開眼睛的瞬間，對她說「早安」的孩子。

托托伸手想撫摸他的臉頰。試著集中目光焦距看清楚來人，雖然他也有一身褐色的肌膚，但並不是她的使魔。

一頭深綠色的凌亂頭髮、鼻梁上那一道傷疤，比天空藍稍微黯淡一些的眼瞳正專注在托托身上。

「你是……誰？」

托托白皙的耳朵，再也聽不到使魔的心跳鼓動了。

所以托托才問。

你是誰？

——是哪一個呢？

「對不起……」

扭曲了面孔，從他口中逸出的是自責的道歉。

托托用嘶啞的聲音冷靜地開口：

「……你贏了是嗎……」

淚水滑下側臉。

「對不起。」

傑昆又說了一次。人稱嘉達露西亞的食人魔物，傳說中的魔物靈魂已經被他封印了，但這個創造奇蹟的武者卻悲慟得扭曲了臉孔。

托托伸手碰觸他的臉頰，撫過脖頸，最後將掌心輕輕貼在他的胸口。

為了感應那熟悉的心跳鼓動。

「我也許……會恨你……」

像是假寐的夢境延伸，淚水卻止不住地從眼眶滑落，托托輕喃：

「殺了我的孩子……的你……」

「我知道。」

傑昆想也不想地立刻回答。

堅毅的雙眼透露出他的決心。無論何時，他從不迷惘。

「妳恨我也好，憎我也罷，妳有這樣的資格。但是——」

執起托托的手，他說：

「就算賭上這一輩子，我也想守護妳。」

視線被淚水浸濡而扭曲模糊，聽著傑昆逸出雙唇的溫言，托托悄悄閉上了雙眼。

「這是……誰的意志……？」

是為了贖罪？

還是，基於人情道義？

傑昆握緊拳頭抵在自己胸前，沒有一絲猶豫地回道：

「是我的意志，還有……這傢伙的願望。」

托托伸出顫抖不已的雙臂，緊緊地擁住傑昆。

就像是擁抱著所有的過去、還有已被託付的未來。

嘉達露西亞的食人魔物，他的故事到此告一段落。

在神殿深處的那塊石板上，他的故事將會被永世流傳。

同樣也被刻劃在歷史中的少女，名字叫做薩爾瓦多．托托。

曾因魔力低下而差點遭到薩爾瓦多一族的流放，但因為她的使魔太強大，她只能被留在薩爾瓦多之中。換句話說，她只是個附屬的少女。

她的使魔——芳一。

過去曾是傳說中的食人魔物，人們叫他阿貝爾達因。他有一雙水藍色瞳眸、淺褐色的肌膚、眼睛底下是三顆相連的痣。然而，他卻有雙白皙的耳朵。魔物有著少年的外表，且將永遠被刻劃在歷史之中。

漫長的陣痛與大量出血，這就是女人生產時所必須經歷的苦痛。

已見證過多次生產的女性們在周圍走來踱去忙得團團轉，準備迎接即將到來的新生命。

不斷喘息、拚命緊咬牙關，在眾人包圍下忍受痛楚煎熬的，是個即將為人母的女性。

還以為這樣的痛楚永遠不會有結束的一刻，好不容易生下來的孩子那響亮的哭聲，立刻讓一切苦難都煙消雲散。

想要活下去的嚎啕哭聲，化作歡喜的叫嚷傳入母親耳中。

要打從心底愛著他。

這是在他誕生的許久之前就已經決定好的事。

她連滿臉的熱汗都沒有擦去，就伸出手希望能抱抱自己的孩子。

但是，周圍的女性與醫生們卻有所猶豫。

那些女人在鬆了口氣的同時，卻也露出一副疑惑的表情，彼此交頭接耳地不知道在說些什麼。

請讓我抱抱他，母親要求道。

請讓我看看我的孩子。

女人們的表情有些不安，看來似乎相當體恤這位初為人母者。看她們的態度，母親不由得猜測，該不會這孩子身上有什麼缺憾吧？雖然這麼想，但母親並不在乎。

這的的確確是自己的孩子沒錯。

於是，她們還是將小小的生命送到了母親手上。

確實，孩子的膚色跟她完全不同，也不像她以愛起誓的丈夫。

她流下晶透的淚水，哽咽地抱緊了懷中的孩子。

被膚色白皙的母親抱在懷裡的，是個有著褐色肌膚，眼睛底下有三顆痣的小小嬰孩。

不，這孩子確實是我的孩子。

她邊說邊落淚。

這孩子就是我和丈夫所生的孩子沒錯。

就算膚色不同、眼睛的顏色不同。

這孩子的名字——早在他誕生之前，托托一定就已經知道了。

END

幕間

黑色蝴蝶公主

浮在海上的舞池，蝴蝶女王號，這指的是停泊在嘉達露西亞港的豪華客船。

並沒有要出航，只是在海上舉辦宴會的這艘客船，是嘉達露西亞王家最小的公主，緹蘭十歲生日時收到的禮物，托托在成為外交官之前並不知道這件事。

說是送給孩子的禮物也未免過於貴重，從此事可一窺當時的國王——她的祖父——那超出常軌的愛情，以及緹蘭在王室中微妙的立場。

她的王位繼承權順位明明極度後面，但船的冠名卻不是公主，而是女王，真的是讓人驚訝到無法理解。

遠眺這艘船，就是今晚的戰場舞台。王女緹蘭的十六歲生日。每年，她的生日宴會都在這艘船上舉辦，與她本人的意願毫無關係。

對托托來說，離開王宮的工作是很稀少珍貴的，纏繞在頭髮上的海風，帶有托托懷念的氣味，芳一則罕見地露出害怕的表情。

「我討厭海。」

眉間擠出明顯的皺紋，悄悄地從托托的影子中出現的芳一，自言自語似地說著。

「我討厭海——也討厭船。」

若有似無的一句話讓托托瞇起眼睛。一直以來，他很常會像這樣，很神奇地突然對異國的東西感到懷念。

托托想，或許是渲染在內心深處的恐懼感還在吧。

從血液到身體，甚至到指尖。出生之前的記憶就在眼前。

那是曾經，被他吃掉的少年的碎片。被奴隸商人賣掉的他的故事，是比傳說還要更久遠以前的事情，如今芳一也已經棲息於他的血肉之中。

托托常常覺得不可思議。

他到底是誰呢？譬如說，他有多少是「食人魔物」？有多少是「阿貝爾達因」呢？雖然不是認真地想知道答案，但托托想，如果有人來打聽他是誰，托托不會回答是食人魔物，也不會說是阿貝爾達因吧。

他就是芳一。

「沒關係啊。」

托托溫柔地笑著說。

「那樣也沒關係，你就稍微去散個步吧。」

沒有必要躲在影子之中，托托說。

「我沒問題的，不用擔心。」

托托想，在宴會中不會有什麼需要呼叫芳一的時候吧。外交是場只有她能打的仗，在外交中如果需要武力或魔法介入時，就等於是宣告交涉失敗了吧。

芳一用他那一貫的藍色的、彈珠似的眼眸直直地盯著托托。

「如果有什麼事妳一定要呼叫我喔。」

「沒事的。」

托托笑著說，你真是窮緊張。

「沒問題的，我也已經不是小孩子了。」

但是芳一眼周旁的皺紋還是沒有消失。為了讓他安心，托托摸著他的臉頰說：

「結束了我會馬上呼叫你，到時候請你馬上快速地回來喔——因為你是好孩子啊。」

以疼愛幼子的口吻這麼說完，托托暫時與可愛的孩子分離了。

太陽西下時，蝴蝶女王號啟航離岸。並非要乘著洋流出海，只是暫時與陸地切割而已。不負豪華客船的名聲，彷彿是將王宮舉辦的晚宴直接搬到船上進行似地奢華。

不只是嘉達露西亞國內，還有從各國而來的客人們首先向緹蘭打招呼，並且送上盡心準備的華麗禮物。緹蘭會禮貌性地收下，然後就只是全心地享受宴會。

托托則是全心全意地面對所有客人。

由右至左地獻上笑容，或是費盡唇舌壓制對方。她的肌膚已經習慣粉底和口紅了，對於讓自己變漂亮這件事她也已經頗有心得。

緹蘭還是一如既往，並不看向托托。

「船身有點搖晃呢。」

拿著飲料向她搭話的，是托托認識的某國重要人物。那是一位瘦骨嶙峋、臉型細長的初老貴族。

「好久不見了，薩爾瓦多女史。」

「好久不見了，長官。」

托托浮現只有彼此能夠理解的微笑。這是因為她信任這個人。

對於像托托這樣的年輕外交官，他也從來不以輕蔑的態度面對。他靜靜地說：

「緹蘭公主日漸成長，也越發貌美了呢。」

「……是的，也快到即將羽化的時候了吧。」

托托配合對方地點點頭。公主是王室的人，不論兩人間的關係如何，托托是為王室工作的人，不能說出反目成仇的話。

「對了，緹蘭公主以前被稱為蝴蝶公主。妳知道嗎？」

男人回憶著過去地說，托托輕輕地掩住嘴巴，露出驚訝的表情。

「哎呀……這還是我第一次聽說。」

「嗯，因為那時妳還小吧。當時的陛下——公主的祖父，稱呼她為『我的蝴蝶』。」

「那麼，這艘船的名字，也是由此而來的嗎？」

「或許是吧。」

溺愛到將孫女稱為蝴蝶，托托覺得實在是無可救藥了，但也的確覺得這名字很適合她。

她就像是乘著風，穿過人們的雙手之間飛去的美麗小蝴蝶。

愣愣地朝著緹蘭那一邊看去時，身邊的男性壓低聲音說「對了……」那低沉的聲響讓托托覺得連指尖都有點緊張了起來。

他人說話的聲音神色，托托能夠在不刻意的情況下做出判斷。

「我看重妳那被稱為天國之耳的能力，想拜託妳一件事。」

那是佯裝平靜的話語，卻彷彿讓樂團的音樂完全消失了。托托一瞬間戒備了起來，開始計算。

「——可以換個地方嗎？」

她微微地笑著。

上到蝴蝶女王號的甲板，在上船時還稍微可見的月亮，現在已經被厚厚的雲所掩蓋。吹著微微的風。腳下是收起船帆後隨海浪搖晃的觸感。

在沒有他人的地方，托托收下了男人託付給她的口信。那不是給嘉達露西亞的誰，而是給預定在幾個月內會從遙遠異國而來造訪嘉達露西亞的賓客的口信。

原本以為會是動搖國本、私密性極高的訊息，但並非如此。托托數次眨著眼睛看著對方。

令人驚訝地，那是令人不明所以感到悲傷，非常殷切——彷彿要確認應該結束了的戀情般的口信。

「我原本以為，這些話再也無法傳達給對方了。」

托托無法明白，究竟要經歷過多少的人生積累，才會在已經年老的現在要託付這樣的口信。

「但是，如果是妳的話——」

如果有天國之耳，就可以透過各種語言，將話語「傳達出去」。

他或許曾經在夢中看過天國吧。然後他以沙啞的聲音，輕語般地說：

「……如果能夠將這個口信傳給他的國家的重要人物的話，能否請妳之後將這件事情全部忘記嗎？」

被這樣詢問的托托，低垂著眼睛說：

「您知道我的出身嗎？長官。」

她回以對方無法回答的問題。

對著露出困惑表情的對方，托托回以直率的視線。然後她浮現溫和的笑容，將手放在自己的胸口。

「雖說我是無能者，但我出生於魔法師世家，誓約的重要性已經深深地烙印在我的身體裡。我以薩爾瓦多・托托之名發誓，必定會遵守這個約定。」

責任很重大，而被委託此重任的只有自己。

因為托托真摯的話語，男人放心下來似地放鬆了臉頰的表情。

「非常感謝妳，薩爾瓦多小姐。」

此時，樂團奏起高昂的樂音，從岸邊打上了煙火。甲板另一頭擠滿人群。然而，那裡並不見緹蘭的身影，幾名身分高貴的男性露出找不到人的失望表情。

遠遠地看著那樣的光景，託付完口信的男人自言自語似地說：

「今年緹蘭大人也沒有和別人一起跳舞呢。」

「什麼？」托托反問。

男人還是遠遠地看著，繼續說：

「身為小女兒的她若想得到自由，唯有嫁到其他國家一途。只要留在這裡，她到死都是最小的公主。這也只會讓她自己感到痛苦。」

他說，為了得到自由，就應該舉辦婚禮。總有一天得要舉辦的。然而，托托腦海中浮現起緹蘭那高傲的側臉。

「雖是這麼說，但戀情並不是想要就可以得到的啊。」

她說。

這句話讓男人露出淡淡的笑容。

「或許，是這樣吧。」

他說出既非肯定也非否定的一句話。然後男人深深地鞠了個躬，離開甲板。

托托想著自己也該回宴會中了，離開之前她走到甲板前端眺望前方的大海，然後發現在下一層的船頭附近有人影。

剛剛的密談不知是否會被聽見，托托皺起眉來，風聲很大，他們的對話應該得在非常靠近的地方才聽得到吧。

接著，托托認出那個看著海的小小人影。

（——緹蘭？）

那是應該要在船艙內舞會中的小公主的背影。紅色的洋裝縱使在黑暗中也搖曳生姿。連隨行人員都沒帶，一個人專心地盯著大海。

是因為暈船嗎？又或者只是一如往常的任性呢？就算是任性，托托也知道身處於令人窒息的宴會中有多麼痛苦，所以她向來不會苛責她。

應該上前去跟她說話呢，還是假裝沒看到呢，遠遠地看著那個背影的同時，時間就這樣流逝。

果然，還是應該去下面吧，托托正要行動時——

「！」

突然，一陣強風吹向甲板。強風像是要翻動船隻底部般撞擊而來。

實在是太不自然的風了，讓人覺得這並非大自然所為。就像是……魔法所造成的。

托托彷彿被風壓著走出甲板，她回頭一看。

像是盛大煙火所發出的聲音之中，可以看到一個淡淡的光影。

「那是……魔法？」

她努力盯著黑暗之中時——

球狀的風襲向托托。掠過她身邊時，以旋風般的強大力量將托托翻了半圈，重重地跌在甲板上。

就在那個瞬間——

「……呀啊啊啊！」

細微的尖叫聲、短暫的無聲，接著，是水的聲音。

趴倒在甲板上的托托抬起頭，四處尋找應該在甲板邊緣下方可見的人影——卻空無一人。

狂暴吹襲的風中，看向大海。

白色的泡泡。水面沉在黑暗之中，但托托的耳朵確實聽見了。

那是彷彿掙扎般的，水的聲音。

「——公主殿下？公主！緹蘭！」

托托對著黑暗的海面大叫。

狂浪與海風，搖晃的甲板。托托確信這並非大自然造成的。可以操控天候、呼喚暴風雨的魔法，這是高等的……

思考追不上現實，現在沒有任何可以回擊的方法。在黑暗的底部可以看見緹蘭的紅色洋裝，就像是被丟到海中的薄布一樣。

「有沒有人！有沒有人啊！」

托托的四周聚集了人潮，雖然投下浮具，卻立刻消失在巨浪之間。準備小船也來不及了，緹蘭被浪潮拍往海流，眼看著就快要沉入深海之中。

「緹蘭——！」

或許是在無意識中將鞋子扔到了甲板上，托托脫下外套，縱身跳入夜晚的大海之中。

彷彿就是黑暗本身的大海非常冰冷，身上的洋裝很快就比鉛塊還要重。嗆在喉嚨的海水就快要侵入肺裡，托托不顧一切地伸長手腕，在浪花之間掙扎著游到緹蘭身邊。

眼看著就要由拉住的袖口抓住她的手，但卻突然被揮開了。托托知道，是因為緹蘭痛苦地掙扎之故。

「不行！不行啊，緹蘭！」

身體好像快要凍僵了。然而，如果放棄了就真的會沉下去，得繼續游才行……

她再次游到緹蘭身旁，不成聲地叫著「拜託妳，冷靜下來！」

兩人在浪花中掙扎，就快要沉下去的時候──

「救……命……」

托托喘息著輕語。

「救命……芳一……」

下一個瞬間──

咚！地一聲，是風與水重重撞擊的聲音。

伴隨著噴出的水聲，是往下墜落的飄浮感。肩膀感覺到撞擊，但遠比恐懼中的覺悟要來得更輕。

她被丟到沙上，意識到這件事的托托覺得自己分不清天地，她抬起頭。

月亮不知何時探出頭來，剛剛那狂烈的暴風雨只在一瞬之間。雲都消散了，天空清朗乾淨。

她們倒在陡峭的海水之壁所環繞的一個圓形空地中。

海水分開了。將海水踢開並阻止崩塌下來的，是強大的風力，托托朦朦朧朧中意識到這一點。而製造出這個圓柱形空間的，別無他人。

是飄浮在空中，銀髮的小小身影。

「芳一……」

「太慢了！」

芳一說道，臉上滿是不耐煩與不悅。那雙水色的雙眸也因為太不高興而半瞇著，像是打從心底感到無語。

「我說，妳太慢了！」

他狠狠地說道。同時驅使著絕對的力量，改變大自然原有的型態，即使如此他仍然悠哉地漂浮在空中。

他的話讓托托瞇起雙眼。

「因為，大海……」

你不是說你不喜歡嗎？

「所以呢？那又怎樣？現在，在這裡，這個時候，和那一點關係都沒有吧！」

他憤恨地大叫著，用力地握住拳頭。膚色深沉的臉上，浮現了疲勞般不穩定的神色。然後像是要甩開纏繞在身邊的海風似地甩甩頭。

他情緒化地大叫著時，風之防壁也跟著晃動，但並不會讓人擔心是否會崩塌。

接著，芳一皺起臉。

「拜託妳，要叫我啊！妳是愛哭鬼又是沒用弱小的薩爾瓦多。妳是容易壞掉、很脆弱、馬上就會崩壞、又柔軟的人類啊。」

托托想，他的臉彷彿就像快要哭出來似的。平常托托才是那個愛哭鬼的角色，芳一總是那個安慰她的人。

他是很強大很強大的魔物。這樣的他，竟然也會如此害怕——害怕失去托托。

「真抱歉，對不起——也謝謝你。」

浮現的淚珠落入海底化開。

手中抱著的緹蘭，邊咳邊吐出水來。托托嚇了一跳地盯著她。

「妳沒事吧？緹蘭，振作一點……」

「……什麼啊……」

黑色的睫毛搖晃了幾下，公主意識模糊地說：

「我還，活著啊……」

「那是當然的啊！」

幾度眨了眨眼之後，緹蘭朦朧的眼神終於找回焦點，然後她緊緊地皺起臉。

「托托……？」

「沒錯，是我。妳認出我來了嗎？」

托托放下心來地吐了一口氣說。

「是妳，救了我……？」

緹蘭這麼問，托托小小地苦笑著回答：

「正確來說，是芳一救了妳。」

「這樣啊……」

緹蘭的嘴唇彷彿要扯出笑容似地痙攣著。

「真是多管閒事。」

緹蘭說出似曾相識的同一句對白，像是要拒絕托托一般推開她。

「放開我。離我遠一點。」

她撇開臉說。

「我可不想受到妳的幫助。」

並非單純的任性，而是具有堅定意志的聲音。

「我最討厭妳這種人了。」

低聲咒罵似的話語，但托托再次拉住緹蘭。

「妳討厭我也無所謂，我也不是因為喜歡妳才救妳的。」

托托回以顏色。

然而，緹蘭激動地回頭，語氣突然激昂起來。

「但我身邊的人才不是這樣想的！」

那是讓封印布已經漂走的托托耳朵都痛起來的尖叫。緹蘭的指尖都快要陷入托托的手腕之中。

鐵青著臉，緹蘭大叫：

「沒有人會這麼認為，只會覺得妳是想攏絡我。放開我！丟下我吧，從神殿來的外交官大人！」

她雙眼大張的表情就像個老太婆。托托疑惑地皺起眉頭。

緹蘭繼續說：

「妳就應該毫不起眼，像影子一樣，像傀儡一樣活下去就好了！」

就像我這樣。

她狠狠地傾吐出這些責罵。

然而，托托並沒有把這些當作是侮辱。她直直地盯著她的側臉。

「我告訴妳，妳的敵人不只是外部的人了。王宮中有許多人並不樂見有人同時擁有魔力與權力。薩爾瓦多身為侍奉王室之人，不該擁有自己的權力。更何況是擔任外交官。任命妳一事，決不是這個國家的共識！」

緹蘭怒濤般一口氣說完。像是被激情驅使的話語，然而內容實在太聰慧理性，從十六歲的少女口中說出更讓人感到悲痛。

說完之後，緹蘭彷彿喪失力氣般地垂下頭，但又以擠出來的聲音再說了一句：

「從今以後，妳不會再樹立新的敵人了。」

「緹蘭，妳……」

頓時語塞的托托搖搖頭。那是無可奈何的動作。

看到這樣的她，緹蘭笑了。那是很疲憊、很無力，但是很溫柔的微笑。

「我討厭妳，托托，我真的討厭妳。」

這時托托察覺了。她雖然被丟入夜晚的大海之中，於怒濤中掙扎，差點被海水吞噬……那眼眸之中卻沒有浮現一滴淚珠。

「我討厭妳。」她再說了一次，像是在確認似地重複，緹蘭瞥開眼神，看著遠方說：

「因為妳連這種事情都要由我來告訴妳。」

縱使如此，托托依舊沒有放開緹蘭的手。

借助芳一的力量回到船上時，也沒有放開。

緹蘭的手指比托托的小了一圈，上頭戴著有顆令人印象深刻的紅色石頭，古舊氣息鮮明的戒指。

回到船上後，人群爭先恐後地集合到緹蘭身邊。關於自己落海的原因，緹蘭胡謅著說「我看到海底有光亮，想看清楚那是什麼而往前傾的時候，船突然傾斜了一下」。

兩人換了一套衣服，在船回到岸邊前都在房間內休息。

那時，托托小聲地問「這樣好嗎？」緹蘭哼笑著回答「沒關係」。

「反正，是抓不到犯人的。」

她放棄似地低語，托托則是露出詫異的表情。

雖然因為天色昏暗，看不見是誰將緹蘭推進海中，但托托打算全力以赴尋找犯人。就算需要動用芳一的力量也一樣。

然而緹蘭反倒笑著，輕輕地用食指抵住托托的唇。

這是不想讓她多說些什麼的意思。

「沒用的。」

緹蘭將身子沉入柔軟的沙發之中。這裡不是在王宮內，且四下無人，緹蘭的表情看起來有點寂寞，有點冷淡卻柔和。看不見平常那樣的堅定意志，只是個與年齡相符合的少女。但是，從她嘴裡說出來的卻是——

「只是揪出棋子根本沒有意義，就算真的吐出實情也一樣沒有意義。只能知道今天是哪一個哥哥在幕後指使的而已，無法做什麼。」

這段話顯示出這件事已經不容托托再多置喙。但對托托來說也足夠了。或許可以說正如她所預料的吧，雖然是最糟的那種預想。

最小的公主。

被放在無法進行任何報復的位置上。而且是從一開始就是如此安排。

她既是王族之中被給予了一切的公主，又彷彿獨立於劍山之上。

「祖父總是把我放在他的膝上呢。」

她放鬆地垂下視線，自言自語似地說著小時候的故事。

躺在病床上的祖父用力地握著小公主的手。緹蘭說，他的手指乾枯而細瘦。

給予唯一的一個孫女無上的寵溺。明明他並非平庸的國王，卻無法理解這份愛情帶給她多少痛苦。

他究竟有何祈願，又想託付給她什麼呢？緹蘭至今仍然不懂。

——我的蝴蝶。

直至死亡來臨之前，他都如此呼喚自己的孫女。

——我所愛的黑蝶啊，我把此物傳予妳。

王座雖大卻離她很遙遠。然而她收下了，收下鑲有紅色寶石的國王戒指。

從細瘦到只剩皮包骨的手指上，移轉到緹蘭的手指上。

紅色寶石。

國王的戒指。

「像這種的東西，明明根本就沒有什麼力量……愚蠢的哥哥們。」

緹蘭邊說著，邊愛憐地親吻自己的戒指。托托想，即使罪惡的根源就是那枚戒指，就是祖父的愛，她也絕對不會放手的。

緹蘭的母親，現任國王的第三王妃，與女兒之間的關係很差。理由很簡單。她是兄弟之中最小的，況且還是個女孩。除此之外，她的父親，也就是現任國王，與緹蘭相處起來總像是隔了一道牆。

或許祖父才是她唯一的親人。

毫不吝惜地愛著她的，唯一一個人。

「……似乎靠岸了呢。」

聽著船入港的聲音，緹蘭站了起來。

不看托托的臉，緹蘭邁步走向打開的門，但突然朝托托丟去一句話。

「我是不會道謝的……也請妳，不要覺得我很可憐。」

「我不會的。」

托托毅然決然地說。

「我會待在這裡。只要妳還在這個國家，我就會一直都在。」

說完，她邁出步伐。緊緊地，跟在緹蘭身後。

「『我會待在這裡』……是嗎？」

蝴蝶女王號的甲板上，緹蘭想起過去的事。

那是緹蘭穿著紅色洋裝的夜晚所發生的事。而現在，煙火在大白天打上天空，而她穿著純白的禮服。

今天在這艘豪華客船上進行的，是嘉達露西亞舉辦的國宴，是小公主的婚禮。

值得誇耀的婚禮，想必有許多異國貴客前來。原本應該要由擁有天國之耳的外交官來接待賓客的——薩爾瓦多．托托卻沒有出現在這艘船上。

她離開了。找到了，她自己的命運。

「大騙子。」

撫摸著甲板的扶手，緹蘭對著回憶中的對象責難似地說。

「妳剛剛說了什麼嗎？」

在身邊說話的，是和緹蘭一樣，穿著白色禮服的男性。

「沒什麼。」

緹蘭回答。

無數有身分地位的異國男性捎來了相親信件，但緹蘭最後沒有選擇任何一個人。

既是魔法師又是外交官的托托從嘉達露西亞失去蹤影，王宮與神殿都需要重整而極度混亂的此刻，有一個男人出現在緹蘭面前。

金色頭髮，白色肌膚，藍色眼瞳。打從第一次見到對方時緹蘭覺得他是個美男子。對方則在初見面時就告訴緹蘭：

『我就單刀直入地說了，我有事情想拜託妳。』

『不要。我不讓人拜託的。』

緹蘭什麼都還沒聽就立刻回答。雖然知道對方的名字，但卻無法想像他會拜託什麼。

然而對方卻毫不怯懦。

『那麼，我有個提案。』

『什麼？』

『要不要和我聯手？』

『？』

緹蘭訝異地看著他。他則是露出穩重的微笑。

『妳難道，不想得到這個國家嗎？』

他輕聲說出的，是荒唐無稽，玩笑般的台詞。『你剛剛說什麼？』緹蘭不禁反問。而那個男人，沒有使用任何裝飾性的話語，只是簡單地說：

『我想要變得偉大。』

什麼？緹蘭說。

『那你說，我可以得到什麼？』

這句話讓他傾身向前，將嘴唇湊近她的耳邊。

『……妳想不想，成為女王呢？』

這真是荒謬絕倫的夢話。緹蘭忍不住笑了出來，眼淚都快要流出來地高聲笑著，她說：

『我從來沒想過，原來薩爾瓦多天子是如此的愚蠢！』

是的，他是薩爾瓦多家的魔法師。而且不是普通的術士，而是擁有當代數一數二的魔法才能，被稱為薩爾瓦多天子的男子。其名為薩爾瓦多·洛伊德。

現在，他顛覆種種前例與傳統，以破天荒的年輕之姿坐上尊師之位，但那似乎不是他的最終目標。

他說，如果要完成這個野心，就需要緹蘭。

『你愛我嗎？』

『不。』

他平淡地回答。

『那你覺得我可愛嗎？』

『中上吧。』

『我有魅力嗎？』

『妳的地位，以及妳的聰慧很有魅力。』

哼著笑出聲的緹蘭微微地聳著肩。

『不過，要在托托之後把你接手還真是讓人不愉快，好像我輸給她似的。』

其實不難想像，他真正想要選擇做為伴侶的對象，不是國家的小公主，而是能以薩爾瓦多為名，甚至以嘉達露西亞王國為名的那位外交官才對。

洛伊德並沒有否認。

洛伊德冷靜地說，確實，他是無法讓她服從的。

『你是被托托拒絕了，所以才來找我的吧？』

『不，其實是因為，妳對我來說比較方便。』

『你真是誠實呢。』

緹蘭嘲諷似地笑著說。太愚蠢了，簡直荒謬。但是……的確很有趣。

雖然這件事情令人難以置信。

緹蘭想，或許——

說到未來，就算只是一瞬間，也沒有如此讓她內心雀躍的事了。

『……那我就和你做交易吧。』

緹蘭當時這麼說。

『我的頭腦，以及培育至今用來打入最高地位的手段，我都毫無保留地給你吧。可以充分地成為你的助力吧。』

『代價呢？』洛伊德問。

她不需要愛，也不抱持希望。

當時的心情就這樣，原封不動地被她帶上這艘船上的婚禮。

「走吧。」

洛伊德恭敬地執起緹蘭的手。那隻手上，紅色的戒指散發光芒。那並不是婚禮的戒指。

關於這枚戒指的事——緹蘭曾經告訴洛伊德。

『這枚戒指，是祖父給的。哥哥們都以為這枚戒指上擁有什麼特別的力量，然而，這枚戒指上並沒有那樣夢幻的東西。」

那枚紅色的戒指。上面的石頭只要旋轉就能輕易取下，而石頭底部，存有白色的結晶。

緹蘭說，這是被詛咒的戒指。

「這枚戒指中存有能致人於死的猛毒唷。為了隨時都能夠自殺，也為了不讓我在活著時尊嚴受辱。祖父給我的，就只是這樣的東西。只要我用了這東西，隨時都可以結束自己的性命。」

所以，她說——

過去如此，現在亦然，她握住魔力與野心化身般的男人的手。

「請你——」

（守護我，這種話，我絕對不會說的。）

「盡情地——取悅我吧。」

因為，想要的東西，她就要得到。

而她，將前往船上的戰場。戰鬥的日子才適合自己，緹蘭想。
她曾經的友人，已經在這裡下船。
然而，船帆就像蝴蝶振翅一般，向大海出航。
這就是被稱為黑蝶的，那位公主的故事。

END

做什麼事情都得心應手，其實就跟做什麼事都不拿手是一樣的意思。達米安從以前就這麼認為，直到現在也是如此。他的四肢都修長得有些不太自然，再加上靈巧的手指和聰穎過人的腦袋，簡直可說是完美無缺。只可惜他並不是個擁有熱情的人，所以每項優點都像被過大的鍋蓋罩住般，雖然並非毫無用武之地，卻也算不上是什麼驚人的長才。

而達米安之所以選擇這種危險的職業，只因他認定這一切都是必然的，也覺得這麼做才能快點結束掉人生的關係。

悄聲無息地橫掠過王城的長廊，廊下迴盪著幽深的寂靜。費了一番心力好不容易得手的王城平面圖已經全部記在達米安的腦海裡，現在他只需循著腳尖的方向到達目的地就可以了。這個擁有悠長歷史的國家——嘉達露西亞王城就是今晚達米安工作的據點。

想得到目標中的寶物，就必須先解開三道鎖。不過達米安只靠一根細針就輕而易舉地將鎖頭一一撬開，他的準備可說相當周全。這一天，王城裡聚集了來自各國的賓客，此時正舉辦著盛大熱鬧的晚宴。達米安很清楚，現在正是王城內部警備最鬆懈的時刻。

達米安覬覦的目標是嘉達露西亞的祕寶。聽說那珍貴的祕寶就藏在王城中某個位高權重的女性寢室裡。

達米安只是個默默無聞的小盜賊。

至今為止他已經偷過不少東西，當然每次也都成功得手。過去達米安也曾加入某個竊盜組織，但集團的作風跟他的個性實在不合。

『達米安，你又想找王族或上流貴族們下手了……不是有更多能輕鬆得手的目標嗎？』

過去那幾個竊盜同夥就是這麼看待他的。

『對上流社會下手的收穫或許比較豐碩啦，但不僅勞心費力，風險也大得多，這可不是聰明的賺錢方法喔。』

達米安完全同意他們的說法。「聰明的賺錢方法啊……」達米安在嘴裡嘟囔，但回想當時，只記得伙伴們的無奈嘆息。

就利潤的考量而言，在大街上襲擊馬車、搶劫財物的做法或許比較聰明。達米安並不想自以為正義的站出來批判這種行為，真想做也不是辦不到。只是，該怎麼說呢。對了，因為跟本身的個性不合吧！說穿了就是這麼一回事。

沉重冰冷的金塊。

綴飾著耀眼寶石的王冠。

一筆一劃都入木三分的美麗畫作。

達米安的手在這些華美的物品上緩緩游移滑過。

這些東西是比染滿生活臭味的硬幣來得適合自己一些，但就算得手了，心裡也不會感到充實，畢竟這些東西多半馬上就會被拿去換成骯髒的錢幣了。

曾經有人問過達米安到底想做些什麼？但就連他本人也不曉得到底什麼才是自己真正想要的。只因為活在這世上不能什麼都不做，所以達米安才會繼續當個怪盜。

一腳踏進寢室深處的密室時，達米安才放鬆了始終緊繃的肩頭。這是個沒有月光的黑夜，狹窄的小房間裡只有微弱的星光充當照明。達米安穿著黑衣，一頭微捲的黑髮，還有同樣漆黑如墨的眼瞳，此時正牢牢地鎖定在那份祕寶上。

這個國家的外交如此興盛，奢華的寶物肯定少不了，但他伸出食指觸碰的卻是個沒有華麗外表的魔法道具。嘉達露西亞王國中有個名為薩爾瓦多的魔法師集團，深厚的魔法造詣當然不在話下，對國家也帶來極大的助力。這絕對就是薩爾瓦多一族代代相傳的祕寶沒錯。

如鳥籠般小小的銀色檻籠映入眼簾。除此之外，這間密室裡只剩下一只書櫃，用不著再遲疑了。

（紅色啊。）

最先浮上腦海的想法只有這樣。傳說中的祕寶看起來沒有半點特別之處，甚至難以讓人留下印象。曾聽人提起祕寶是只耳飾，這玩意兒確實有著耳飾的外形。大大的、裝飾了細長石頭的耳飾。這是石榴石嗎？達米安沒有任何魔力，所以並不曉得這東西究竟有多神奇。

但就算如此，還是能感覺到那股由祕寶所散發出、超乎尋常的吸引力。

祕寶並未被嚴加看管，只隨便地上了道鎖，讓事先準備不少道具的達米安不免感到有些失落。

（難道是贗品嗎？）

應該不可能。在黑暗中閃耀的緋紅光芒，確實擁有讓人「一見鍾情」的強烈吸引力。況且達米安對自己的眼光相當有自信，如果連自己的眼光都要懷疑，那從事這份工作也沒什麼意思了。

一伸出手指觸摸，立刻有種觸電的感覺。指尖因驚慌而顫抖，但也許只是心理作用吧，除此之外並沒有什麼特別變化。指甲在墜石上來回碰觸了幾下後，達米安終於伸長手取下那只耳飾。

耳飾就這麼輕輕鬆鬆落入達米安厚實的掌心裡。嘆了一口氣後，達米安看也沒看其他奢華的擺飾一眼，就推開密室的門扉準備離開。但就在這時——

「真是個美好的夜晚啊。」

多麼優美的聲音。一片漆黑中，出聲者靜靜地佇足在房門口。

達米安不由得瞠大雙眼，但他能做的反應也不過如此。下一秒他心裡立刻有了死亡的覺悟，同時也做好被殺害的心理準備。

站在不遠處的人影看起來像是個女人，而剛才傳來的說話聲，同樣也顯示出對方是個女人的事實。

「這麼美好的夜晚，最適合偷偷潛入心愛對象的房裡了。可以請問一下，你到這裡來有何貴幹嗎？」

喀鏘，鈍重失衡的聲音傳入耳裡。長廊上的燈光從背後微敞的房門縫隙間灑落。

女性和達米安一樣有著一頭黑髮與黑色的瞳眸，她的手上還握著一把進口的小型手槍。

「真的很抱歉，人家的射擊技術只有三流的程度，一定會打到要害的，還請你多多見諒喑。」

優美的聲音撒嬌似地低喃，音調中似乎還混合了不著痕跡的輕笑。

「……我一直覺得有些笨拙的女性很可愛呢。」

達米安將雙手舉高，儘可能不去刺激到對方，然後緩緩開口。同時窺探著是否有逃脫的可能性。

達米安已經猜出對方的身分了，他對自己侵入的究竟是什麼人的房間當然也有所自覺。

這裡是王公貴族中身分地位最為顯赫的人所居住的房間。現任嘉達露西亞國王的王妹，她除了是位公主之外，也下嫁給魔法師集團・薩爾瓦多的尊師。因現任國王膝下無子，她所生下的長子可說是最接近王位的下一任君主。

她是嘉達露西亞的黑蝶夫人，也有人尊稱她為王母。眼前這位女性名叫緹蘭。

達米安悄悄抬起視線。

真是個美麗的公主，她同時還身兼王妃、王母之名呢，達米安心想。就算身處幽暗之中，她所散發出的高貴氣質仍帶來極大的壓迫感。

侵入她的寢室還被抓個正著，看來我是難逃被斬首示眾的命運了……就在達米安胡思亂想之際——

「哎呀，我說你啊……」

公主突然攻其不備地出聲：

「你手裡拿著什麼東西？」

示弱般舉起的手裡還緊緊握著剛剛才得手的嘉達露西亞祕寶。那只魔法耳飾的緋紅光芒正在達米安的掌心間微微閃爍著。發現他手裡握著的是那只耳飾後，緹蘭隨即露出一臉不可置信的表情望向達米安。

「你是——小偷？」

「沒錯，身為一個盜賊，我的技術也只有三流的程度呢。」

達米安自嘲似地笑了笑。但女人笑不出來，只是愣愣地低喃：

「你碰到了那個東西？」

達米安似乎也被她的困惑傳染了，不自覺偏過頭。

「是啊……有什麼問題嗎……」

緹蘭美目微斂，不知怎的，連拿在右手上的那把槍都放了下來。達米安心想，這也許是個好機會，想要襲擊她就得趁現在。這樣的機會很可能轉眼就消失了。但是，比起全身而退，達米安對她未竟的話反而更感興趣。

當緹蘭再抬起頭時，臉上勾勒出像是決定了什麼的深長笑意。

「小偷先生，你叫什麼名字呢？」

「——真是抱歉，我那卑微的名字實在不值一提啊。」

他的回答讓緹蘭淡淡笑了。

「是個無名的怪盜先生啊。算了，這也無所謂。」

於是，面前的公主優雅地稍一旋身，坐上一旁的沙發。她依然沒有點亮燈，手裡也還握著槍。

「這位相當紳士的怪盜先生，突然這麼說實在很抱歉……不過，可以麻煩你一件事嗎？」

達米安不知道自己是該笑，還是該覺得困惑才好，只能直勾勾地凝視她那雙黑曜瞳眸。

「你拿在手裡的那只耳飾，其實並不是我的。雖然藏在我的房間裡，但它並不是我的，也不屬於嘉達露西亞。」

吟詠的聲線，彷彿誘惑般輕輕觸動達米安的耳膜。那只除魔耳飾像是燃燒了起來似的，從剛才開始就一直在達米安的掌心間散發熱度。

「那個呀，是偷來的東西喔。」

緹蘭的自白也在預料之外，達米安訝異得蹙起眉頭，等著她繼續說下去。

「那是偷來的。」她又重覆了一次：

「可是，那群老頑固卻以耳飾的擁有者自居，死都不肯放手。可以請你，幫我把這個東西，還給它真正的主人嗎？」

「真正的主人？」

達米安輕喃出心中的疑問。

緹蘭微微笑著回答了他的問題：

「那只耳飾會告訴你的。」

到頭來，她所說的每句話都只讓達米安感到迷惑。或者，她覺得事情都已經交待完了，只見公主臉上勾起了優雅的從容微笑。

「數到一百後，我就要叫士兵來救駕了。無名的怪盜先生，你可要好好加油唷。」

在打開通往長廊的那扇大門時，她輕輕囁嚅了一句：

「——希望三百年的詛咒，能成為你的祝福。」

†

綠蔭與陽光的氣味幾乎令人窒息。

明明已入夜，燃燒火把的空氣卻如流水般芳醇誘人。

隔著火堆，好幾個老人與一個稚氣未脫的女孩面對面坐著。

老人們在抽菸的閒餘，嘴裡還哼著小曲兒。用異國的語言，唱著異國的樂音，那是非常哀傷的旋律。

待第十次的雨季過後，他們的村子將會舉辦一場盛大的祭典。

（尊榮的女孩啊，妳能理解吧？）

雖然聽不懂老人說的語言，卻也明白了他話中的意思。

所以，女孩答了聲「是」。

這個出生在命定之年的病弱女孩，必須依照規定，完成向神獻身的約定。

（但有一件事……）

女孩乞求著。

（我只有一個要求。）

女孩用纖弱的聲音輕喃，默默地抱緊了懷中那溫暖的布巾。

（這個孩子……請讓我的阿貝爾達因好好活下去。）

†

在意識回籠的同時，身體也像彈簧般立即彈了起來。

達米安在黑暗中倏地睜開眼，感受著現實的滋味——強烈的海水鹹味，還有地板不自然的搖晃。

從嘉達露西亞港出航的客船，三等艙房的雜亂大通鋪，這就是再真切不過的現實。

（是夢嗎？）

栩栩如生的夢境，讓達米安確認了好幾次所處的現實後，才終於肯定。

伸手探向胸口，立刻感覺到那顆紅色祕石的存在。到底是怎麼回事啊？明明隔了那麼多層布料，卻還是能清楚感受到那顆祕石所釋放的溫熱。

這趟工作算成功還是失敗？還理不出頭緒的達米安，只能暗自品嘗這莫名其妙的複雜心境。這天夜裡在晦暗的船艙中，達米安再也無法入睡。

「達米安，你的臉色很差喔。」

相識已久的店主人開口問道。

「該不會是把工作搞砸了吧？」

他的猜測八九不離十，也讓達米安原本就深邃的面孔更添了幾分抑鬱。那是二十五歲左右，精悍又難以取悅的一張臉。如果穿上合適的服裝，他應該很適合冠上學者或研究員之類的頭銜吧。

這個經營當鋪的店主人是個略微年長的矮小男人，布滿皺紋的臉上還戴了一副小眼鏡。

「這東西你願意接收嗎？」

從胸前的口袋掏出一只囊袋，達米安將裡頭的東西倒在桌面上。在這間就算是大白天仍飄著裊裊煙霧的幽暗店裡，紅色的光芒顯得更加耀眼。

店主人瞇細了本就細小的眼睛。

「還真被你偷出來啦？」

「算是吧。」達米安含糊不清地回答。店主人搖搖頭，長嘆一口氣：

「真是的，你有這麼出色的技術真不曉得算不算好事。一個出色的盜賊，根本沒辦法改變這個世界什麼嘛。」

聽店主人發著牢騷，達米安只是聳了聳肩。對這一點，他也是深有同感。

「是真貨嗎？」

「我只偷真貨。」

哼，店主人打鼻腔哼出一氣，拿起放大鏡準備摸向那只耳飾時。

突然乍現的小火花，彈開了店主人的手。

「！」

就連達米安也被嚇了一跳。

店主人皺巴巴的手指已經紅腫了。

「你沒事吧？」

達米安低聲問。店主人看來似乎不太在意，只是重新扶好鼻梁上的眼鏡。

「這個嘛……這種程度的傷是還用不著向你索賠醫藥費啦……」

真是個麻煩的東西啊，此刻老人的視線有著十足的商人精明。

達米安不由得蹙起眉頭，指尖同樣輕觸了下那顆紅色石頭。

「好像……沒什麼事嘛。」

在他的觸碰下，祕石並沒有出現什麼變化。盯著沒有表現出拒絕反應的祕石，店主人喃喃說了句：「活像個黃花大閨女似的，真是顆討人厭的寶石啊……」

「怎麼辦？要先調查看看嗎？」

「不，先留在你這兒吧，錢我們晚點再算。」

達米安執拗的語氣，讓店主人藏在眼鏡深處的小眼睛不禁直盯著他瞧。這小子對偷來的東西依然不怎麼執著，但他的態度確實和之前有些不一樣。

達米安嘆了一口氣，若無其事的說：「我只是覺得有點恐怖。」

店主人又打鼻腔哼出一聲，慢條斯理地連布巾一起捧著那顆祕石收到後頭去了。

「我過兩、三天再來。」

達米安旋踵準備離去時，店主人突然對著他的背影喊道：

「對了，你那個漂亮妹妹前不久還氣呼呼的跑到我這兒來找你呢，快去見她一面吧。」

達米安頭也沒回，只是臉色又垮了幾分。

那是他現在最不想見的人啊。

達米安目前所居住的城鎮港灣，是比嘉達露西亞港小上兩倍不止、甚至無法稱作貿易港埠，卻有不少旅人到訪，乍看之下還算挺和平安寧的小鎮。

這座小鎮雖沒什麼悠久的歷史背景，對外來者卻相當開放寬容。好人與壞人共存卻還是能讓人感到放鬆，確實很適合處於黑白兩道之間的達米安居住。

原本打算回自己那個只有兩間房的簡樸小屋去，但達米安卻在旅人熙攘往來的大道上頓住了腳步。

「……」

寬廣大道的一隅，聚集了數名男子，他們正圍著一個坐在攤位前的女人。她坐在一把簡陋的椅子上，包裹在層疊薄布底下的纖瘦肩膀，顯示出她是個女性的事實。女人手邊放著幾本老舊的書和桌面上一顆說大不大的水晶球。雖然披著頭巾，但從側邊望去，可以窺見她的髮色是眩目的銀絲。潔白無瑕的小手，無可否認的確很容易勾起男人的興趣。怎麼看都不像做生意的氛圍，幾個男人心裡全抱著齷齪的期待。

那些男人看起來正在對那名女子搭訕：

「有什麼關係嘛，占卜師姊姊，繼續待在這裡也招攬不到幾個客人，有什麼好玩的嘛！」

「還是跟我們一起去樂一樂吧？」

被稱作占卜師的女子右手腕已被一把抓住。

佇立在路旁的達米安不悅地蹙起眉頭，但並沒有插手管閒事的意思。

「好不好嘛！」在男人的拉扯下，原本披在她頭上的頭巾也掉了下來。

就在一瞬間，幾個男人全都忍不住倒抽一口氣，那慌張失措的模樣連旁觀者都看得一清二楚。

女人相當年輕，說她是個少女也不為過。但她的眼鼻五官相當精緻絕美，也少了分稚氣。幾個男人愣愣地看著她，頓時全都啞口無言。一頭銀髮如絹絲般垂落至腰間。白皙的頸子彷若陶瓷，榛色的瞳眸藏在同樣閃著銀光的睫毛下。完美的唇形微微輕啟：

「我聽見了聲音。」

她的聲音不大，卻字字清晰地傳進每個人的耳中。優美得宛如琴音。

幾個男人全嚇了一跳縮起身子。

占卜師少女並沒有注視任何一人，那雙榛色的眼瞳凝向半空，歌詠似地柔聲開口：

「是個老婦人啊，她是誰呢？有個老婦人在傷心哭泣。喂，你們之中是誰被呼喚了呢？」

男人們看著猶如被附身的少女，她所說的話令他們感到困惑。「什麼啊，說什麼老婦人……」話還沒說完，其中一個男人突然出現異狀。

他的臉色鐵青，全身上下不停冒汗。

終於，少女朝他這邊看了過來，男人震驚不已地雙肩直發顫。

「啊啊……」

嘆息般地，少女緩緩出聲：

「等到了夜裡，你的內臟就要被吃掉了……」

下一秒，男人發出的尖銳叫聲劃破空氣。

「唔、唔哇啊啊啊啊啊啊啊！」

臉色鐵青的男人頭也不回地奔離，幾個被留下的同伴也慌慌張張地追在他身後而去。暴風雨般的喧囂遠離了，街道又恢復原本的祥和。

占卜師少女像是要甩掉剛才被抓住右手時沾上的塵埃，隨意地輕吹一口氣，彷彿這也是某種神聖的儀式。達米安不知何時已經來到她的身邊，有些厭煩地瞇細了眼。

「妳的謊話說得還真是精采啊，米蕾妮亞。」

不屑之意溢於言表。

名叫米蕾妮亞的占卜師少女依然坐在椅子上，看也不看達米安一眼，只是冷淡的回應：

「嗯，是啊。」

「哥哥的盜賊工作也做得挺有聲有色的嘛。」

聽出她冷淡語氣中的譏誚，達米安不禁沉下臉。

幾天前，他一句話也沒說就搭上前往嘉達露西亞的貨船。與其說是擔心，米蕾妮亞的不悅應該是出自達米安撇下她獨自一人享受旅行的樂趣這一件事吧。這種事也不是第一次發生了，但米蕾妮亞就是不喜歡，而達米安一向不擅安撫妹妹不開心的情緒。

怎麼看都沒有相似之處的兩人會以「兄妹」互稱，當然是因為這是最方便的說詞。達米安與米蕾妮亞之間並沒有血緣關係。

只是兩個人湊巧生長在同一間孤兒院裡，也同時離開了孤兒院。他們之間並沒有「私奔」這等熱情的關係，米蕾妮亞會稱呼年紀虛長自己幾歲的達米安「哥哥」，也是非常理所當然的發展。

哥哥成為盜賊，妹妹則在街角做起占卜師的生意。

這種生活已經持續好些年了。

「……別跟那種不三不四的傢伙做生意。」

明知道她心情不好，卻不知怎麼安撫的達米安只能藉由斥責來顧左右而言他。

早就聽膩了這些訓斥，米蕾妮亞挑起柳眉微微一笑。

「哎呀，我現在才正要開始做生意呢。」

如爬蟲類般轉動眼球，達米安輕睨了米蕾妮亞一眼，像是在催促她繼續說下去。米蕾妮亞輕撫桌上的水晶球，緩緩開口道：

「剛才逃掉的那個人，還會再回來找我的，這次我一定要好好敲他一筆。」

看她自信滿滿的模樣，達米安抿了抿嘴，有些厭惡地接著問：

「妳說的老婦人是怎麼一回事？」

「大概是跟那個地痞流氓有過什麼因緣牽扯吧。」

「那內臟呢？」

「哥哥，你有看到那個人的嘴角嗎？腸胃不好的人真是辛苦啊。」

「……」

妹妹的美貌彷若神祇，且從小就擁有不可思議的能力。那樣的能力，在她進孤兒院之前大概就已經存在了吧。

她能看見肉眼看不見的東西，也能聽到人們聽不到的聲音，這樣的能力或許驚人，但達米安其實不怎麼相信。

若要問為什麼，說穿了只是他這個做哥哥的，比任何人都清楚妹妹有說謊癖的關係。她確實有一種不可思議的氣質，達米安也承認妹妹或許真的有第六感，但她實在說了太多謊話。與那纖弱可人的外表完全背道而馳，米蕾妮亞的個性非常大而化之又很有膽量。

達米安雖然不會使用魔法，但至少還有一些本事，而米蕾妮亞也以她自己的方式在亂世中求生存，所以他這個做哥哥的並不會太擔心。

「對了，達米安哥哥，你這次的收穫怎麼樣？」

談話間，她的心情似乎已經好轉。此刻米蕾妮亞正抬頭對哥哥露出微笑。

「我已經交給店主人保管了。」

「為什麼？」

米蕾妮亞的語氣中有些驚訝。她當然也知道達米安並不執著於得手的贓物。

「這不重要吧，我要回去了。」

達米安不是個擅於解釋的人，只能含糊其詞的結束這個話題。突然感覺有股力道扯住自己的衣服，達米安的視線順勢往下望去。

不知何時站起身的米蕾妮亞正抓住達米安的衣角，榛色的瞳眸目不轉睛地直視著。她的臉上沒有任何表情，眼睛眨也不眨一下，只是看著達米安。接著又以不可思議的目光瞥向達米安身後並輕喃道：

「女人？她是誰呢？」

達米安不由得瞠大雙眼。

但下一秒，米蕾妮亞馬上就興致缺缺地聳了聳肩，淡笑著加了一句：「騙你的啦。」說出這句話時，她的目光並沒有放在達米安身上。

達米安這才發現米蕾妮亞竟用與相同手法騙了自己，不由得疲倦地嘆息。

「是騙人的吧？」

「嗯，是啊。」

她的回答沒有一絲躊躇。就是因為米蕾妮亞老愛說謊，才讓達米安覺得傻眼，丟下她獨自邁開步伐。

「我要先回去休息了。」

沒有聽見她的回應聲。完成一件工作後，累積的疲憊霎時襲向達米安的全身上下。所以他頭也不回，直接走向他與米蕾妮亞一起租借的小屋。

米蕾妮亞不發一語，只是凝望著他離去的背影。

直到再也看不到達米安那高人一等的背影，但就算已不見他的身影，米蕾妮亞依然怔怔地佇立在大馬路上，嚴峻的視線仍睨視著達米安消失的那個方向。

†

女人把針頭刺進手指。那是個有著淺褐膚色的女人，她的指腹相當白皙。

一抹豔紅的血珠在指尖凝聚。

那是她牽著兒子的手指，料理食物的手指，縫補衣物的手指。

周遭依然處於夜晚，那是個無風的黑夜。唯一能聽見的是外頭野獸的咆吼聲。

她臉上漾著微笑，一邊笑著一邊輕聲歌唱。唱出一首關於大地的歌，關於壯麗河川的歌，關於雨水和熱度，而一切都將沉沉睡去的歌。

用來代替搖籃曲安撫幼子入睡，所唱出的咒語之歌。

滴出的鮮血將成為咒術。

這是一族中唯有女人能行使的咒術。女人中也只有為人母才能行使的祕密聖禮。

白濁水晶吸收了鮮紅的血液，也吸收了她的魔力。

為了保護這個孩子，為了讓他活下去。

女人在夜裡，用針刺破自己的手指。一邊唱著搖籃曲，同時創造出這顆鮮紅的石頭。

她因感到幸福，臉上漾起微笑。

就算成為供品獻祭的時刻，已迫在眉睫。

†

達米安被自己的叫聲驚醒。隨著一聲粗吼同時弓起上半身，緊握的拳頭冷冰冰的，還滲出了汗水。

肩膀激動得上下起伏，不住地喘氣。從窗口灑進的只有月光，他應該是躺在最習慣的堅硬床板上休息才對。周圍確實已染上夜色。

這個世界也依然是黑夜。

為了掙脫那些莫名其妙的思緒，達米安用力甩了甩頭。這裡沒有令人窒息的青綠氣味，也沒有如流水般芳醇的空氣。沒有，不會有的。

『哥哥？』

門板被輕輕敲了兩下，那頭傳來米蕾妮亞刻意壓低的聲音：

『哥哥，怎麼了嗎？把門打開。』

達米安深深吸氣、吐出，重覆了幾次後，才終於看著門板開口道：

「……沒有，沒什麼事，妳去睡吧。」

沒想到自己的叫聲居然傳到隔壁房間去了，達米安悶悶地出聲，但房門那頭卻靜默著。沒有聽到離開的腳步聲，傳進耳中的反而是有些刺耳的金屬聲。

直到門把扭轉了一下，米蕾妮亞的身影出現在自己眼前，達米安都只能呆望著。

「妳……」

「你沒事吧？」

邊說邊走近的米蕾妮亞身上穿的不是睡衣，而是白天看到的那身裝扮，只是少了頭巾，任銀色長髮披垂身後。她可能剛結束工作回到家吧。達米安不禁一臉認真地詢問道：

「妳為什麼進得來？」

「哎呀，還不是因為……」

米蕾妮亞微帶茫然地回答：

「哥哥老是一句話也不說就偷偷跑出去了。為了趕上你的速度，有時候也需要動用到鑰匙嘛，你說對不對呀？」

在她手中閃閃發光的是把銀色的小鑰匙。光澤度雖不同，但形狀確實與達米安所擁有的那把一模一樣。

「妳是什麼時候……」

「哎呀，這種小事就別提了，就當是可愛的妹妹在睡前來跟你道聲晚安吧。」

「我沒有那種習慣。」

持續不斷的頭疼症狀並未稍緩，達米安只得以拳抵住額際。把別人的話當耳邊風也是這個妹妹的特技之一，然而此時她的目光卻放在達米安的手上。

「哥哥，你手裡抓著什麼啊？」

聽她這麼問，達米安才驀然察覺掌心中握著異物，不由得停下動作。

抬起變得冰涼的拳頭，緩緩攤開手指。

一個小東西就這麼掉落在床單上。

達米安不由得倒抽一口氣。在月光照射下，那閃爍著淡淡光芒的小東西，確實是已經寄放在店裡的——那顆嘉達露西亞的祕寶啊。

在他錯愕屏息的同時，米蕾妮亞已伸出白皙的青蔥玉指。

「不要碰！」

達米安忍不住大喝一聲。但米蕾妮亞並無半絲驚慌，視線轉而望向達米安。達米安緊閉雙眼，攤開手心覆住自己的臉孔道：

「不要碰，這東西是……」

喉嚨像被什麼東西哽住了，讓他無法接著說下去。

「這東西就是這一次的？」

米蕾妮亞問得簡略，卻已充分表達出心裡的疑問。正因為知道她的意思，達米安才更無法回答。

「回房去吧……快去睡覺。」

「哥哥你也是。」

米蕾妮亞說著，邊伸出柔滑小巧的手疊上達米安他那正覆住雙眼的大掌。雖然只有短短一瞬間，但達米安確實感受到柔軟的溫度。

達米安沒有拒絕她的接觸。

「晚安，達米安。」

當她縮回手時，傳入達米安耳中的是宛如歌詠般優美的音色，和那不常被叫出口的名字。沉靜的腳步聲響起，離開時還不忘細心地從外頭替他上鎖，達米安這才放鬆了肩膀的力氣，再度睜開眼。

掉在床上的，果然是那只鮮紅耳飾。腦子裡竄過不想觸碰它的念頭，但達米安還是緩緩伸手拾起，將它放在床邊的櫃子上，硬逼自己躺回被窩裡。

不如就當作是場夢吧。不，這一定是惡夢。達米安為此氣憤得咕噥抱怨了一整夜。

隔天一大早，米蕾妮亞緊跟在準備動身到當鋪去一趟的達米安身後。

米蕾妮亞的頭型小巧，相襯之下身型好像很高，但其實她整個人還是非常嬌小。加上達米安是個高頭大馬、手長腳長的男人，兩人並肩時，達米安幾乎高出米蕾妮亞快兩顆頭。

「別跟著我。」

「為什麼？」

那雙不可思議的榛色眼瞳直視著達米安。米蕾妮亞雖然老是把別人的話當耳邊風，卻又愛要求別人解釋理由。跟米蕾妮亞相比，口條根本占不了上風的達米安覺得相當困擾，好像她早就知道自己最後還是會乖乖屈服讓步。

達米安只能像平時一樣無奈的嘆息。對於該怎麼放棄與她爭論，倒是挺得心應手的。

看到一大早就來訪的兩兄妹，店主人那雙藏在眼鏡底下的圓眼睛瞠得更圓了。

「怎麼了？你應該不是來催我付錢的吧？還是捨不得昨天那件寶物，要來拿回去了？」

「關於這件事……」

達米安輕撫了下自己的胸口，低聲說：「昨天的東西，可以拿出來讓我看一下嗎？」米蕾妮亞則沉默地把手肘支在桌面上。

「這是無所謂啦。」店主人邊說，邊打開上鎖的櫃子。

「嗯？嗯嗯？」

聽著店主人發出哺乳類動物般的單音吟叫表達內心的疑惑，米蕾妮亞出聲道：

「不見了對吧？」

「怎麼會……」

轉過身來的店主人在看到達米安從胸前掏出那只耳飾時，驚訝得下巴都掉了下來。

「這到底是怎麼回事啊？達米安，你什麼時候學會魔法了？」

「就算你問我……」

「那只耳飾好像是自己跑回來的，看來它真的很喜歡哥哥呢。」

這句話不全然是戲謔，但米蕾妮亞的口吻怎麼聽就是少了分認真。

「喜歡……」

布滿皺紋的臉孔浮現疑惑神色，店主人無意識的喃喃出聲：

「該不會是被詛咒了吧？」

「別開玩笑了。」

達米安想也不想地回應。這種事可一點都不有趣。

「我說啊，這東西到底是打哪兒偷來的？」

米蕾妮亞的詢問，讓達米安和店主人互覷了一眼。店主人臉上擺明了「你連這件事都沒說啊？」的訊問，達米安則是一臉「這種事有必要大肆宣揚嗎？」的表情。為了引起那兩個人的注意，米蕾妮亞漂亮的手指在櫃檯桌面扣扣敲了兩下。

達米安嘆了一口氣，坦承道：「我溜進了嘉達露西亞王城。」

「嘉達露西亞？」

挑起的柳眉，透露出她心中的詫異。

「你居然丟下我，自己跑到那種地方？」

所以我才不想說嘛……達米安本就淡漠的臉孔又沉了幾分。

說到嘉達露西亞港，光是行來駛去的多艘商船就不是這座海港小鎮比得上的繁華，雖然沒什麼特別出名的特產，但他們的市集仍是充滿了魅力。

為了不讓米蕾妮亞藉此大作文章，達米安硬著頭皮接續了話題：

「在嘉達露西亞裡，有個叫薩爾瓦多的魔法師集團，妳知道嗎？」

「知道。」

提起嘉達露西亞王國的薩爾瓦多一族，可是比那個貿易海港更出名的存在。那是個並非以血緣論定，而是靠魔法知識結成，擁有古老傳統的魔法師集團。

「那個薩爾瓦多所傳承的祕寶，被藏在某個王族的房間裡。不過為什麼不在神殿而是被王族所擁有，這一點我也不太清楚……」

說話的同時，達米安腦子裡也掠過「說不定全是那位貴夫人的指示」這種毫無根據的猜測。因為她似乎不樂見祕寶落入薩爾瓦多手裡。而且她也有著與米蕾妮亞不相上下的頑固脾氣。就連討價還價的功力也是。

「總而言之，我就是從那裡偷……對啦，我就是從那裡偷來的。除此之外，我沒興趣知道更多內幕，所以並沒有著手調查。」

「你還真是隨便耶！」米蕾妮亞無奈地斥責。

「我本來就是這樣。」達米安沒有搭理米蕾妮亞的叨念。

接著開口的是店主人：

「總歸一句，這東西的來歷很複雜吧？」

拿出一本老舊的古書和一只放大鏡，店主人說著：

「這東西確實擁有強大的魔力……可是，它擁有的似乎是除魔能力，但又不是出自薩爾瓦多。雖然是世代傳承的故事……但古書上是這麼記載的。達米安，你聽過嘉達露西亞的食人魔物嗎？」

「食人魔物？」

米蕾妮亞代替達米安回答：

「你說的是幾十年前被消滅的那個嘉達露西亞食人魔物吧？他是個會吃人，而且擁有莫大魔力的邪惡魔物，能讓他從命的，聽說只有薩爾瓦多的其中一名魔法師……」

達米安是第一次聽說。或許很久前曾經聽過也未必，所謂的傳說，大半就是如此。

店主人點了點頭。達米安卻懷疑得蹙起眉頭問道：

「那個魔物跟祕寶有什麼關係嗎？」

「說到關係啊……你偷來的這只耳飾，原本就是屬於嘉達露西亞那個食人魔物的呀。」

邊翻開書頁邊說明，話音剛落，店主人又改口：

「不對，正確說來，是屬於第一個喪命於食人魔物口中的犧牲者的。」

達米安微啟的嘴唇吐出乾澀的呼息。

有種不好的預感。

低頭看向那只鮮紅耳飾，有著如血般的鮮豔殷紅。被封印在裡頭的，真的只有魔力嗎？

（幫我把這個東西還給它真正的主人吧。）

說出這個要求時，嘉達露西亞那個美麗的尊妃臉上並無笑意。

「……那個犧牲者叫什麼名字？」

達米安嘶啞的發問，讓店主人垂下視線，又追溯起手中的文獻。

好一會兒的沉默過後，店主人伸手扶了下鼻梁上的眼鏡，輕聲開口道：

「三百年前，食人魔物吃掉了第一個犧牲者的身體與靈魂，得到人類的形體——除了少年的外貌之外，魔物也短暫繼承了少年的名字。」

這是現實，達米安心想。

不是作夢，自己現在的確是處在現實裡沒錯。

但是，眼前的老人卻說出那個名字：

「那個少年名叫——阿貝爾達因。」

從當鋪回來後，達米安就直接躺上床，嫌惡地丟開手中的鮮紅耳飾。

「喀鏘！」耳飾掉到床底下。果然還是該寄放在店裡吧，達米安思忖著。臨走之際，達米安也詢問店主人願不願意接受這玩意兒？對方雖然想也不想地馬上回答：「有些困難。」但是不是應該要不屈不撓，硬把燙手山芋丟給他才對呢？當然，達米安也知道會從手中悄悄溜走的寶物並無任何價值可言，就算硬託給店主人，只要它還會再回到自己身邊，這麼做也就沒有半點意義。

聽達米安敘述完與那個尊妃之間的對話後，米蕾妮亞喃喃說了句：「怎麼可能啊……」

「畢竟，那個嘉達露西亞的食人魔物已經被消滅了不是嗎？而耳飾真正的主人也早就被食人魔物殺害吃掉了，要是連食人魔物都已經不存在……」

米蕾妮亞不解地問：「到底要歸還到哪裡去才好啊？」「等等！」出聲打斷米蕾妮亞的，是仍翻著文獻的店主人。

「如果書裡記載得沒錯……食人魔物阿貝爾達因唯一遵從的魔法師應該還活著。」

米蕾妮亞說事情發生在幾十年前，那知悉當時狀況的人應當還活著沒錯。

「不過，那個人是薩爾瓦多的魔法師吧？她也住在嘉達露西亞嗎？」

「不，根據書上記載，食人魔物被消滅了之後，她就和薩爾瓦多斷絕往來，離開嘉達露西亞了。比起魔法師的身分，她擔任外交官的名氣反而大得多……」

交談進行至此，達米安拒絕再讓這個話題繼續延燒下去。就算聽得再多，達米安也不願基於什麼人情義理而動身尋人。更遑論對方是個不知身在何處的陌生人。

把還不肯罷休的米蕾妮亞獨自留在店裡，達米安一個人先行離開。

這東西最好還是交給有能力處理的魔法師比較恰當，達米安在心裡偷偷盤算著。有一個說謊成癖的妹妹，令達米安對魔法師或占卜師一向沒什麼好感，但畢竟是以偷盜為業的人，自是懂得和睦相處的道理。他有自己的門路，也樂觀的相信船到橋頭自然直。

只是作了幾個莫名其妙的惡夢，不過是這樣罷了。

儘早忘記那些惡夢就沒事了。

面對蜂擁襲來的漠然與不安，達米安只能緊緊閉上雙眼。

†

綠蔭間迴響著嚶嚶哭泣聲。

彷彿悲鳴，又有如嘶叫般的哭聲。

她知道那是在呼喚自己。就算是暴風雨肆虐的黑夜，她也能清楚分辨那個哭聲。

怎麼可能分辨不出來呢，畢竟是她獨一無二的寶貝啊。

幼子在森林深處哭泣著，她那剛剛學會走路的孩子正在哭泣著。

（你一定很寂寞吧……）

因為我突然消失了——

（不用害怕唷。）

只是稍微離開身邊，就好似被火紋身般嚎啕大哭的孩子，讓她心裡盈滿了憐愛。愈是掛念他，愈是疼惜到無法自拔。

（媽媽在這裡喔。）

抱緊他，輕撫著，溫柔地細聲呵護。

她閉起眼睛，豎耳傾聽孩子的啜泣與心臟鼓動。

（媽媽在這裡，就在你身邊喔。）

就算，我們即將遠遠的分離。

就算不久的將來，這具身體和靈魂將會被撕裂，再也無法映入你的眼簾。

（媽媽不會對你說謊。）

給你一個代表誓言的證明吧。

這只鮮紅耳飾給你。注入生命與魔力的這只耳飾，一定能守護你的。

每當你注視自己時，請你也別忘了想起我。

（所以不要哭喔，阿貝爾達因。）

無論何時，我，還有這只代替我存在的耳飾，都會永遠、永遠陪在你的身邊。

†

達米安在入夜時分醒來時，已經沒有之前幾次那麼慌張無措了。睜著空洞無神的雙眼下了床，拿起從嘉達露西亞回來後就沒有碰過的行李。他的行李有兩件。一件是旅行用的雜物，和被問及職業時派得上用場的老舊魯特琴。

接著收好胸前那只鮮紅的耳飾，將手邊僅有的錢幣裝入袋子裡，這樣就算打包好行囊。

達米安沒有鎖門就直接走出屋子。

懸在半空的月色由蒼白變得暈黃，呈淡紅色的天空漸漸染上一抹墨彩。

得往東方去才行，他心裡有了這個想法。

達米安知道，就是要往東邊。

「……哥哥？」

坐在石牆邊的，是他那如妖精般美麗動人的妹妹。但達米安看也不看米蕾妮亞一眼，逕自邁出步伐。

「等等……哥哥！」

拉住他的衣襬，小小的身體擋住了達米安的去路。米蕾妮亞開口喚著，但達米安卻露出混濁渙散的眼神，一邊喃喃自語著：「我非去不可。」

「我得往東行才可以，那孩子……可能正在哭啊。」

是誰在哭？達米安並沒有解釋，像在夢囈似地。而米蕾妮亞的身影更是自始至終都沒有映入他的視野中。

站在微暗的薄暮中，米蕾妮亞的眼中閃著晶光。那雙稀罕的榛色瞳眸正直勾勾地凝視達米安，悄悄抬高了掌心。修剪得圓潤美麗的指甲在輕輕觸碰了下達米安的臉頰後——

「！」

突然發出栗子在烈火中爆開的輕脆響聲，她用雙手狠狠給了達米安兩個巴掌。

「你可不可以別一入夜就睡得神志不清啊？達米安哥哥！」

彷彿遭到雷殛的達米安呆愣地微張著嘴，用力眨了好幾下眼睛。好像現在才終於注意到她的存在。「……米蕾妮亞？」他有些恍惚地叫出妹妹的名字。

「不然還會是誰！」

抬高下顎的米蕾妮亞應聲道。看達米安那渾噩失魂的鬼樣子，就像灌了大量的劣質酒後才會出現的遲鈍反應。

「我到底是……」

達米安丈二金剛摸不著頭緒地開口，換來米蕾妮亞一記冷冷的睥睨，接著她口若懸河地朗朗出聲：

「哥哥跑進我的房裡來，不由分說就拉著我的手說要私奔，還說要在星空燦爛的教會裡交換誓言互許終身。我說我們是兄妹啊，這麼做是違背神意的，但哥哥實在太堅持了，我也只好跟著你一起走呀。」

「……」

達米安像是被活蹦亂跳的章魚塞住了整張嘴，露出一臉錯愕不解。

然後深深地嘆了一口氣。

「妳是騙人的吧？」

「嗯，是啊。」

就跟平常一樣，她的回答輕如羽毛。一切都跟平常沒什麼兩樣，直到這一刻，達米安才有真真實實踩在地面上的感覺。同時也意識到自己走出家門時微妙的心理變化。

「真是抱歉。」

輕喃出口的，是顧左右而言他的道歉。

「也不是第一次了。」

米蕾妮亞的回應不帶責備，只是眺望著遠方，淡然開口道：

「若要出外旅行，今晚倒是個不錯的選擇。」

有種似曾相識的感覺。

華燈初上，穿著輕便的旅行裝扮，偶然撞見了彼此。這就是達米安和米蕾妮亞一同踏上旅途的情景。

那是一對雙胞胎幼兒被送進孤兒院那晚所發生的事。他們的村莊一年來不斷遭受暴風雨與水災侵襲，錢財、食物和工作的地方都沒了，好一個災厄之年。不幸總是會招致更多不幸，在朝霧還未散去的清晨，一對雙胞胎幼兒被遺棄在孤兒院門口。多一張嘴吃飯，就多一個人挨餓。同時多了兩張嘴，不知道會發生什麼情況？但或許正好是離開這裡的最佳時機。

抱著這種想法的，可不只達米安一人。

看到坐在孤兒院門口的米蕾妮亞時，達米安真是嚇了一跳。但不知為什麼，突然覺得這樣也不錯。

和這個少女說話的次數用一隻手的手指就數得完了，只是兩人正好選在同一天夜裡遠行，和她並肩走一段路好像也不錯。

『要走嗎？』

嘆了一口氣，達米安沒有深思就直接開口。

『嗯。』

從那個時候開始，米蕾妮亞就改口叫他「哥哥」。

再一次，達米安凝視著現在的米蕾妮亞。揹著行囊，穿著旅行裝扮的妹妹。她一定早就知道會發生這種事，所以才待在這裡等達米安出現吧。就算是對米蕾妮亞的神奇能力半信半疑，但達米安對這一點卻沒有絲毫懷疑。

太陽慢慢隱沒逝去，月色將愈發皎潔。

米蕾妮亞美麗的銀髮，在夜裡顯得更光輝耀眼。

這樣的情景，許久之前也曾經發生過。她會事先打包好行囊，是因為能洞悉人心，達米安對這一點深信不疑。

「事情變得很麻煩啊……」

無意識洩出的輕喃，是種近似死心的認命。

「這可不一定喔。」

米蕾妮亞的回應似乎帶著淡淡笑意。聽她這麼說，達米安也覺得或許真的不一定吧。老是選擇危險的路去闖，這樣的人生大概沒辦法改變了吧。

這段平靜的日子維持了好一段時間。不過，他和她畢竟都是習慣流浪的啊。

隨波逐流或許是他們所背負的宿命吧。

「那麼，要走嗎？」

達米安重新揹起行囊，平靜地開口。困擾著他的那些煩惱不可思議地消散了。

「嗯。」

走吧，哥哥——迴盪在耳邊的，是米蕾妮亞輕柔優美的聲音。

†

開朗的笑聲和在河邊玩耍的戲水聲。

她的孩子健康地成長，耳朵上戴著紅色耳飾。

她看著他。

總是默默凝視著。

母親一手拉拔大的兒子，比其他人更愛撒嬌。就算她終究得放開手，還是會一直寵愛這個寶貝兒子。

只希望將來他回憶的時候，想起的都是被愛的記憶。

再輪迴三次滿月。

再過不久，她蒙森林之神寵召的日子就快到了。

†

喀噠，載貨的大馬車顛簸搖晃著，達米安的眼皮不斷痙攣。

鼻間嗅聞到的是乾草的味道，清爽的微風輕拂他的臉頰。

「醒啦？」

對面傳來聲音。來自在馬車一角抱膝而坐的米蕾妮亞。她把臉枕在屈起的膝上，假寐似地凝望著達米安。

達米安還分不清這是夢境還是現實，為了不讓自己脫口說出什麼莫名其妙的話，他選擇閉上嘴巴。

離開住慣了的城鎮那一夜，達米安一直喃喃念著要往東去才行。而真正決定往東行的原因，並不是因為相信什麼上天的啟示，而是米蕾妮亞掌握到的情報也直指同樣的方向。

「再過半刻，就要進入下個鎮了……你又作夢了嗎？」

在馬車上顛簸搖晃了一個月，途經了好幾個城鎮，也曾越過高山，而他們的目的地是座古樸的小村莊。

傳聞過去那個被稱作「天國之耳」的嘉達露西亞稀世魔法師，就隱居在那個地方。

「是啊……」

撩起黑髮，達米安用剛睡醒的沙啞嗓音回道。

「跟過去幾次一樣，夢裡的我好像變成那個小鬼的母親了……」

就算踏上了這趟尋人之旅，達米安還是沒有擺脫鮮紅耳飾的夢境。不知道是想得太多還是偶然，但夢中的情景實在太過鮮明。背負著全族的宿命，明瞭自己將會被當作獻祭品的年輕女孩，她唯一的希望，就是讓剛出生不久的兒子能有美好的將來。在她消逝之後，以要讓孩子過得悠然自在為條件，她接受了成為光榮犧牲者的重任。

她源源不絕地付出她的愛，給她稚嫩的孩子阿貝爾達因。

就算夢醒了，達米安也深刻記得，甚至可以藉紙筆畫出那孩子的樣貌。不諳繪畫的他或許沒辦法輕鬆完成那孩子的肖像畫，但如果是在人潮擁擠的市集擦身而過，達米安覺得自己應該能一眼認出夢中的阿貝爾達因。

剛得到耳飾時的強烈不快感早已在不知不覺中消弭了，取而代之的是不時會出現的渾沌意識。那是種幾乎讓達米安忘了自己膚色的奇妙感覺。米蕾妮亞側首枕在膝上，直視達米安悶悶不樂的臉孔。

「欸，哥哥……」

突如其來的，米蕾妮亞出聲喚道。

「你還記得我們第一次見面的情形嗎？」

「怎麼突然問這種事？」

還來不及驚訝，臉上已先浮現淡淡的苦笑。自從兩個人一起旅行後，米蕾妮亞就常常提起過去的事。而且每次都是在他剛從夢中轉醒的時候，就算達米安再怎麼遲鈍，也或多或少察覺到米蕾妮亞這麼做的意圖。

就如同她的問題，她是要他堅定自己的人格，才會不斷地提起過往。

「妳是個不討人喜歡的孩子。」

「哥哥倒是從那時候就一臉蒼老。」

達米安輕睨了她一眼。米蕾妮亞則以一臉的故作天真回報他。就跟平時一樣，所以達米安也早早放棄了與她爭辯的念頭。

「不過……其實我也記不太清楚了。」

當時的達米安已經多少能區分自己的喜惡，所以認識了一個不討人喜歡的小女孩後，他也盡可能不與她有所接觸，或許正因為如此才記不太清楚吧。達米安對在孤兒院生活的那段記憶很稀薄，和米蕾妮亞之間的回憶更是淡如白紙；唯一清楚記得的，就是一開始她所帶來的衝擊。

一個下雨的早晨，她來到了孤兒院。那是個小小城鎮裡的一間小小孤兒院。那個時候，米蕾妮亞就有一頭美麗的銀髮，和如白瓷般的雪嫩肌膚。

『希望你們能收留我一陣子。』她不哭也不笑，只是淡淡說著。院裡的孤兒們都遠遠看著那個宛如妖精的少女。但對達米安而言，在對她的外表感到新奇之前，不知為何就已經先入為主地討厭她了。達米安的雙親很早就去世，之後他便在孤兒院裡生活了很長一段時間，在孩子們中也是最年長的一個，卻怎麼也沒辦法融入周遭的環境。

孤兒院裡的孩子也以孩子的方式歡迎米蕾妮亞的到來。有些畏怯地圍在她的周圍，其中不乏有好奇心重的少年想伸手觸摸她如絹絲般的長髮。

『我勸你最好別這麼做。』米蕾妮亞冷冷地開口：『頭髮是很重要的咒具，說不定會想嘗嘗你的鮮血滋味喔。』當時她是這麼說的。

沒有加入交談的達米安也投以注視，不由得感到厭惡。心想，那個女生還真敢一臉認真的說出那種屁話。

慢慢地，她也和達米安一樣變成特立獨行的存在。兩個人的共通點就是不喜歡與其他人太親近。

米蕾妮亞從那個時候開始就老愛裝模作樣地玩些占卜師遊戲，但不管她說了什麼，聽在達米安耳中都只覺得是詭辯。這些事達米安都還記得很清楚。

「那時候我真的覺得妳很礙眼，討厭死了。」

達米安一邊回憶一邊輕喃。

米蕾妮亞只是笑著傾聽。達米安現在才突然發覺，離開孤兒院後，她的笑容漸漸多了。

「所以你才會突然動手抓我的頭髮吧。」

米蕾妮亞逸出呵呵輕笑，回憶著過往淡淡說著。

對啊，也曾經發生過這種事呢，達米安想起來了。沒錯，每天聽她說那些沒營養的話，院裡的孩童居然還滿心崇拜地說她有什麼特別的力量，達米安真的覺得厭惡極了。算準她結束占卜後的落單時刻，達米安像拔稻草似地用力揪扯她的頭髮。

達米安對驚訝得瞠大榛色瞳眸的米蕾妮亞說：

『妳剛剛說的，全都是騙人的吧？』

她的臉色變也沒變，淡漠地回道：

『嗯，是啊。』

——回想起來，似乎從那個時候開始，這樣的對話模式就定型了。

但是，她的回答確實讓達米安釋懷了。說是甘心也行，既然她的謊話說得那麼明顯，接不接受就是個人問題了。他並沒有對其他人戳破米蕾妮亞的謊言，也沒有興趣這麼做。既然他已經得到答案，對她也不再有興趣了。

還真是令人懷念啊，達米安不覺地想。

那時候的自己，壓根兒沒想過會和她一起旅行。

「達米安哥哥根本不懂該怎麼對待女生呢。」

米蕾妮亞笑著，馬車也到達下個城鎮了。

先下車的是米蕾妮亞。輕柔的絹髮在風中舞動，她頭也不回地輕輕說了聲：

「可是，我很高興。」

我真的很高興。

說出這句話時，她臉上有著什麼樣的表情呢？面對她的背影，達米安無從得知。

是這樣嗎？他不解的歪著頭。

該怎麼對待女孩子，或是女孩子心裡究竟在想些什麼，達米安當然不會知道。

†

這是個胸口騷亂不已的夜晚。

在意的是比平時囂鬧上好幾倍的鳥叫聲，還有心慌意亂遲遲不肯入睡的阿貝爾達因。

（怎麼了？）

就算這麼問，他也只是搖搖頭，更用力地抱緊她。

她感到不可思議，因為阿貝爾達因已經不是會為了睡覺胡鬧的年紀了，或許他也感應到了吧。感應到離別的腳步就快接近了。

村裡默默進行著祭典的前置準備。到了那一天，即是他們母子倆分離的日子。但她還沒有告知孩子這件事。

縮在一起緊緊抱住彼此，兩人裹在同一條被子裡相擁而眠。

濃郁的流水與綠蔭的氣味。

這是他們在密林中生活的最後一夜。

謾罵、怒吼、哀號、雜音交織而成的異國語言。

高壯的人們。

白皙的膚色。

刀劍與斧頭、繩子和火燄。

試圖轉身逃跑時，一把銳利的刀刺進她的側腹。

啊啊　有　血的　味道

快逃！

阿貝爾達因——

†

發出如野獸的咆哮，達米安驚醒過來。但就算醒過來了，仍像困在黑暗中摸索徘徊般，只能躺在床上不斷掙扎。

破曉時分，他所待的地方是旅店提供的小房間裡。

「哥哥！」

拉簾另一頭，睡在隔壁床上的米蕾妮亞跳了起來，一下床便急忙趕到達米安身邊。

「振作一點，你是怎麼了！」

沒有甩開也沒躲開達米安伸來的手，任他用幾乎會留下瘀痕的強大力道緊緊抓著自己。米蕾妮亞連眉頭也沒皺一下，只是同樣用力地反握住他的手。她的力氣不大，卻非常溫暖。

「……唔！」

達米安突然激烈地咳了起來，還吐出紅裡摻黑的血水。

「達米安！」

米蕾妮亞瞪大了眼睛，目光變得深沉，但仍是輕拍達米安的背為他順氣。達米安把額頭抵在米蕾妮亞纖弱的肩膀上，染上汙血的嘴唇不屑似地勾起一抹自嘲的笑意。

「真是糟糕啊。」

「既然知道糟糕，你就別再說話了。」

米蕾妮亞的回應並不激昂，語氣卻是嚴肅僵硬的。

「不……」

伸手抹了抹嘴角，達米安緩緩搖頭。隨著嘆息一併吐出輕喃：

「遭遇那種險況的，其實並不是我啊。」

手指輕輕撫過自己的側腹。雖然沒有流血，但襯衫底下的肌膚卻是炙熱的。可能是傷到內臟了吧，感覺很差，不過達米安知道自己的身體或生命並沒有遭受危害。被刺傷的人不是自己，而是個手無縛雞之力的弱女子。

她還活著嗎？應該還活著吧。

已經醒過來的達米安無從得知之後的發展。

胸前的口袋裡還收著包裹在布巾中的鮮紅耳飾。達米安不再憎惡它的存在，不再認為都是它才讓自己遇上這種狀況，他已經不會再這麼想了。這只鮮紅耳飾的過往，彷彿就是達米安親身經歷的另一場人生。

坐在木頭地板上，背倚著床舖。米蕾妮亞就坐在自己面前，用蚊吟似的聲音微弱開口：

「哥哥，我們放棄吧。」

仍有些模糊朦朧的視野中，看見了米蕾妮亞漂亮的銀髮。

啊啊，比阿貝爾達因的更白一些呢，達米安茫茫然地想。

雖然同是銀髮，閃耀的光澤度卻是不同的。

「把它還給嘉達露西亞吧。哥哥雖是盜賊……但比起追捕一個小小的偷兒，嘉達露西亞的魔法師應該更看重這個祕寶才對。既然這是嘉達露西亞的東西，那就還給嘉達露西亞吧。」

「不對。」

達米安的神智仍有些恍惚，但說出口的話卻相當清晰果決：

「這東西不屬於嘉達露西亞。」

「可是……」

米蕾妮亞扭曲的臉孔看起來像是快哭了，達米安從沒看過她露出這種的表情。心裡忽然有種不可思議的感覺。

就好像，兩人真的是一對兄妹。

但他並沒有說出心裡的想法，只是淡淡地訴說：

「它想要回去。」

達米安抓著自己的心口。

「它想要回去。」

沒有人知道所謂的「它」是指誰，米蕾妮亞不知道，就連達米安也不知道。

有一瞬間，米蕾妮亞那雙榛色瞳眸似乎想嘶吼出什麼般閃爍動搖不已。但沒一會兒就別開了目光，緩緩站起身來。

「我們現在就出發吧。」

達米安還以為她哭了，原本白皙的臉孔覆罩寒霜，堅毅的雙眼只直視著前方。

為了早一刻到達目的地，他們決定今天早上就攀越山巔。

†

腹部的傷沒有經過妥善的治療包紮，就被關進暗無天日的船底。強烈的海潮味直逼得人作嘔。

那些異國人打算對我們做什麼呢？

白色肌膚的男人們大鬧密林一事，她的村子也間接得知了這個消息。

但是，任誰都料想不到居然會有這麼龐大的「獵人」團體出沒在此處。

異國的人們嘴裡喃喃有詞。

（嘉達露西亞。）

唯一聽懂的，只有這個單字。是即將前往的目的地嗎？

（媽媽……）

別哭，阿貝爾達因。

（媽媽……）

嗯，你別害怕，媽媽就在這裡。

如果你能順利逃走就好了。

船緩緩駛動了。啊啊，我們的命運將會飄向何方呢？

†

「是奴隸。」

爬上狹窄的小徑，達米安輕喃道。

「他們被當作奴隸販賣……可是，她真的能撐到那個時候嗎？」

每當閉上眼休息假寐時，總不斷襲來的幻覺。不，那並不是幻覺，而是某人的記憶。追溯著鮮紅耳飾的記憶，追溯創造出耳飾的女孩記憶，就連她的痛苦，達米安也能感同身受。

走在身旁的米蕾妮亞緊抿著嘴唇，沉默地一直向前走。

忽然間，達米安有種想問她為什麼會在這裡的衝動。

這趟旅程並不有趣，也遇不上什麼好事。當然達米安也可以問她跟來的理由，但他知道這麼問可能會傷了她的心，所以始終沒有問出口。就算真的問了，她大概也只會說出「因為我是你妹妹呀」這樣的答案。她……又會說謊吧。

沒錯，誰能說那不是謊言呢。再也沒有比互稱兄妹更可笑的謊言了。

「可惡……」

達米安想不出個所以然，於是甩了甩頭。我說不定快瘋了吧，心裡卻事不關己似地沒多大感覺。

「喂，哥哥……」

身邊傳來的清冽聲音，讓達米安原本呆滯的目光微微轉動了一下。

米蕾妮亞注視著前方，淡淡開口道：

「哥哥在住進孤兒院之前，是過著什麼樣的生活啊？」

達米安不由得停下腳步。

「為什麼這麼問？」

不管是前幾天也好、現在也好，總覺得米蕾妮亞詢問了許多過去從沒有問過的事，這讓達米安很是困惑。

「我想了解哥哥的事啊。」

「那問了之後呢？」

「我要你去回憶。」

米蕾妮亞話說得直截了當，口氣相當強硬。還來不及驚訝，就已經被她乘虛而入了。

米蕾妮亞要我去回憶自己的過往。

要我去回想達米安是個怎麼樣的人。

還真是困難的要求啊，達米安不禁苦笑。

「那不是什麼值得聽的故事。我生在很普通的家庭，普通地長大成人，因為媽媽死掉了，所以我就很普通地被後母掃地出門了。」

「無聊到我都快打呵欠了。」

明明是自己想問的，居然還說這種話。

「就是啊。」

達米安笑了。進到孤兒院之前的事，他根本想都不會去想。既不是會在心裡留下創傷的悲傷回憶，也不是會讓人沉溺在過往難以自拔的甜美回憶。

自己好像是出生在頗富裕的家庭，不過也記不太清楚了。

現在想想，每次偷東西時老是選擇一些價值不斐的藝術品，大概跟小時候的記憶有關吧。真是吃力又不討好啊，這般真實感湧上心頭。

「那妳……」

本欲反問，卻清楚感覺到米蕾妮亞閉上嘴巴，完全沒有想回答的意思。她應該不希望被反問這樣的問題吧，心裡忽然有種報了一箭之仇的莫名快感。

「有沒有什麼有趣的事啊？」

「沒有……」

米蕾妮亞手搗著嘴角，轉開了視線。看起來好像正在回憶過往的一些細微瑣事。

「我的過去也沒什麼好拿來說嘴的。」

她拒絕了達米安的詢問，之後就是一大段空白的沉默。

「我生長在一個四處賣藝的歌舞團。像我這樣的髮色很奇怪……就跟字面的意思一樣……身為人類卻帶著奇異髮色出生的我，似乎挺稀奇的……原本想將我作為舞孃培育長大，不過我老是說些讓人毛骨悚然的話，他們……大概是嚇著了吧。結果我就被賣到妓院了……」

達米安的目光驀地變得冷冽，米蕾妮亞卻靜靜地笑了。

「我就像平時一樣逃掉了。」

她的語氣聽起來有些自滿，讓達米安不由得暗自鬆了口氣。因為，他不認為她在說謊。

「因為躲雨的關係，我就進了那間孤兒院。其實打一開始，我就沒打算在那邊待太久。」

達米安心想，就算是逞強，她的膽子還真不是普通的大。雖然外表是那麼纖弱，做出來的事卻老教人搖頭興嘆。

「妳的父母沒有阻止嗎？」

「他們可是頭一個丟掉我的，我最討厭的就是他們了。」

從鼻間輕呼出一口氣，達米安臉上勾起淡淡笑容。那些事已經過去太久，久到都感覺不到悲傷了。

「因為妳老愛騙人的關係吧？」

口氣裡不帶一絲責備。誰叫這丫頭就是這種個性呢。

「嗯，是啊。」

米蕾妮亞也如往常般頷首以對，兩人之間又變得沉默。

一邊走著，米蕾妮亞輕撩起銀髮，輕輕嘆了口氣：

「因為我也不知道。」

她突然喃喃自語：

「眼睛看見的那些影像、耳朵聽到的那些聲音，到底哪些才是我的幻覺呢？」

這句話讓達米安忍不住回頭。

她的話怎麼聽都有些怪怪的。

「難道妳真的……」

米蕾妮亞垂下視線，打斷達米安的問話繼續開口：

「所以，那天你說我是在說謊時，我真的很高興。這樣我就不用再迷惘了。」

達米安不覺瞠大了眼，困惑地張開嘴，卻說不出話來。

米蕾妮亞似乎也不打算等達米安回話，自然地持續著沉默。

當達米安仰天長嘆一口氣後，才說了一句：

「又是騙人的吧？」

聽達米安這麼說，米蕾妮亞也笑了。

「嗯，是啊。」

所以，她也是這麼相信的。

†

狹窄的船底，因高燒不斷而惡夢連連。

沒有充足的食物，沒有可供休息的床鋪，連藥品都沒有。

阿貝爾達因不斷拿已經髒汙的衣服替自己擦拭汗水。除此之外什麼都辦不到的他，只能淌著滿臉淚痕，不停哭喊叫著媽媽。

（沒事的，沒事的……）

乾澀的喉頭顫抖著，吐出細啞如絲的歌聲來安慰孩子。這是一首關於大地的歌，關於壯麗河川的歌，關於雨水和熱度，而一切都將沉沉睡去的歌。

看著淚流不已的阿貝爾達因，唯一能留給他的只有這首歌了。

眼前一片模糊，只看得見阿貝爾達因的銀髮、水藍色的瞳眸，和那只鮮紅耳飾。

冰冷的指尖輕觸耳飾。

這條命不會奉獻給密林的神，而要為心愛的孩子燃燒殆盡——她心中早已有了決定。

†

露宿野外的夜晚。

米蕾妮亞翻來覆去無法入睡，決定起來守夜看顧火堆。兩個人剛開始旅行時，這些工作原本都是達米安負責的，但她也曾經獨自旅行，對於生火自然不陌生。

過去的孤寂回憶殘害著她，但同時也治癒了她。雖然不抗拒想起在孤兒院的那段生活，但也明白那些日子早已過去了。

凝神望向深暗的夜。天空灰濛濛的，慘淡的月悄悄躲在朦朧不清的暗雲後頭。

雖然不比滿月，但米蕾妮亞覺得，這樣的夜晚實在不太好。

因為老是會看見一些不想看的形影，聽見一些不想聽的聲音。

從孩提時代就有太多這樣的經驗。確實其中有大半部分是自己想太多了，所以米蕾妮亞才會搞不清楚。

跟著歌舞團不管走到哪裡，每每遇見占卜師，必定會得到「這個孩子擁有稀有的才能」這樣的評語。

但從來沒有人指導過米蕾妮亞該怎麼使用那些力量。

只有達米安，他說：她在說謊。

不是被惡魔附身，不是祖先顯靈，不是魔女也不是占卜師，達米安說：一切都是謊言。他說得那麼堅決果斷，所以米蕾妮亞決定把他的話當作正確解答。她決定相信達米安的說法，也決定和他一起好好活下去。

所以才戲謔地叫他「哥哥」，而他也接受了。

因為明白達米安一向對身外事不怎麼執著，但與其當他的女人，不如當個家人，成為他的負荷還比較有可能長久陪在他身邊。她的選擇應該是對的，所以直到現在她依然能待在他身邊。

達米安裹在毛毯裡的身體突然動了一下。

還斷斷續續地發出不安的呻吟。

「……哥哥？」

米蕾妮亞輕聲呼喚，磨蹭著膝蓋靠了過來。

低頭看著背對自己的達米安，她美麗的臉上一片肅穆。

「哥哥！」

達米安的模樣不太尋常。滿布的汗水和槁木般的臉色，緊抓著的胸口處，那只鮮紅耳飾正閃爍著詭譎的光芒。

似乎有個模糊黑影在那裡搖晃著，米蕾妮亞又看到了虛構的幻影。

†

媽媽……聽見了呼喚的聲音。

身體沉重得像鉛，視野漸漸迷茫。

啊啊，別哭。

我心愛的、孩子啊……

†

她一直害怕著的事，似乎發生了。達米安確實循著耳飾的記憶追溯著。循著力量，循著魂魄，就像與自己的生命重疊一般。

追尋著生的腳步，卻步向了某人的死，又該怎麼辦？

「別開玩笑了。」

米蕾妮亞氣憤得大喊：

「我不會允許的！」

怎麼可以在這種地方輕易任人宰割！米蕾妮亞白皙的手覆上達米安緊抓著自己胸口的拳頭，似乎看見鮮紅的光芒和黑煙飄散。掌心感到一陣熱燙，然後就麻痺了，緊接而來的是令人作嘔的壓迫感。

同時，她的手也更用力抓著達米安。

「我說啊……」

從達米安的指縫間，隔著布巾直接觸碰到那顆鮮紅的石頭，米蕾妮亞的手指被灼傷了。額際也滲出豆大的汗珠。

「我確實擁有稀世的才能，但並沒有用來當作糊口的工具。我沒有成為魔法師，也沒有成為占卜師。」

擁有妖精般美貌的她只會說謊。米蕾妮亞並不後悔這樣的生存方式，也不曾想過要尋求其他的謀生方法。但是……

指尖更加使勁。低垂著眼，米蕾妮亞接著說：

「可是，身為一個女人——家人的……」

唇瓣忽然用力一抿，她改口道：

「……我至少會盡力守護我喜歡的人！」

米蕾妮亞不懂祈禱的方式，也不曉得面對這種狀況時該念些什麼咒語才好。

但是，她不能輸。

「妳也跟我一樣吧？既然如此，那就請妳再忍耐一下！」

達米安吐著紊亂的喘息，似乎相當痛苦。米蕾妮亞不知道他是因為感到疼痛或是在悼念些什麼，只見淚水從他緊閉的雙眼滑落。

面對看不見姿影的女子，彷如詛咒般深愛著孩子的異國女子，米蕾妮亞低語：

「再忍耐一下。如果妳有想回去的地方，達米安一定會帶妳回去的。」

不可思議地，她也說了那句同樣的話：

「別哭。」

†

在她的身體與靈魂被分離切割之前，就已經被異邦人扔進了大海。
直到最後都緊偎在母親身旁的阿貝爾達因，原本也想追著她一同投身大海。但異邦人並不允許，拿繩子用力將他綁得牢牢實實。
年幼的少年多多少少仍有成為商品的價值。
沉入冰冷海底的女人死了。
她終究沒有依循宿命成為獻給神的犧牲品。
她的身體沉入海底，再也沒有浮出水面。
只有靈魂變成了那顆鮮紅石頭。

†

悠悠醒轉時，身體似乎不再那麼沉重，達米安覺得相當不可思議。依稀記得自己似乎作了很長很長的夢。
淡淡的晨曦微光和一片深綠，已經熄滅的火種氣味和細長的煙霧。
這些景色都沒讓達米安有太多感慨。視線逡巡著，想找尋更重要的東西。

就在他身旁，有個屈著背癱坐在地的小小身影。

「哥哥……」

嘶啞的聲音少了平時的柔潤，達米安一聽就立刻坐直了身體。

原本收在胸前的鮮紅耳飾掉了出來。

「妳怎麼了？」

他想伸手摸摸米蕾妮亞那張蒼白疲憊的臉孔，但最後仍只是把手停在半空中，達米安開口詢問。

「沒有，我沒什麼事。」

米蕾妮亞瞇細了榛色瞳眸，雖然臉色極差，但還是露出一抹微笑。她不是在逞強，而是真的發自內心微笑著，只是她的說詞怎麼也無法讓達米安接受。

僵在半空的手改捉住她的手腕，將她拉近自己好看得更仔細。紅腫的手指應驗了最糟的預感。他吐出一句：「妳騙人！」

這一次，米蕾妮亞垂下目光輕輕地笑了。

「嗯。」

就像早已熟記的暗號，她輕輕點了點頭說：

「是啊。」

達米安站起身，煩躁地撥亂一頭黑髮。拾起掉在地上的鮮紅耳飾，達米安十分不悅地睨瞪著，心想：這趟旅程或許不該再繼續下去了。說它想回去並不是謊言，但如果為了這個目的而必須傷害別人，達米安怎麼也無法接受。

是要把米蕾妮亞獨自留在這裡？還是丟掉這只耳飾？

既然自己無法丟下米蕾妮亞不管——那麼達米安心裡也有定論了。只是在他還來不及開口前，米蕾妮亞已經搶先出聲：

「我們走吧。」

她踉蹌不穩地站起身。

「這只耳飾一定不會再做什麼壞事了。」

其實米蕾妮亞也無法篤定，只是淡淡說出她所擅長的謊言。但無論如何，結果都是一樣的。只要耳飾的詛咒硬是要拖走達米安的魂魄，那麼無論多少次，米蕾妮亞都會用力把他抓回來。但這個決定毋須說出口。達米安滿臉不悅地抿著嘴，低頭看向米蕾妮亞。

而米蕾妮亞也抬起那雙榛色眼眸回視達米安。

她深知自己的目光能看透人心，而別人的視線卻始終無法探知自己的想法，尤其是遲鈍的達米安。他們老用大眼瞪小眼的方式一較高下，不過米蕾妮亞至今仍未輸過。

「我們走吧。」

同樣的話又說了一遍。不打算讓達米安有拒絕的餘地。

達米安確實沒有拒絕。他一句話也沒說，只是嘆口氣，便把耳飾收回胸前口袋。

然後突然伸手把米蕾妮亞當作行李般，一把抱了起來。

「咦！等等，哥哥？」

米蕾妮亞忍不住洩出一聲輕叫，但達米安只是露出一臉不快，沒有多說什麼。米蕾妮亞知道他有他的顧慮，但還是覺得他這麼做實在太唐突了，而且連先打聲招呼也沒有。

就算扯著喉嚨大叫或伸腳踢他踹他，達米安還是沒有放下妹妹的意思，揹著兩人份的行囊又抱著米蕾妮亞邁步下山，達米安的堅持讓米蕾妮亞覺得無奈，也只能隨著他去了。

一旦放鬆了身體的力氣，心情也跟著輕鬆不少。意識到盈滿全身的疲憊倦意時，腳趾頭也隨之麻木。

「欸，哥哥……」

任達米安抱著自己，米蕾妮亞的目光瞥向揹在他身後的行囊。那是把老舊的魯特琴。一起旅行了一陣子後，因為米蕾妮亞的勸說，達米安才買下這把琴。

「怎麼了？」

達米安回應的聲音依然透著不悅。

「等這次旅行結束後，再彈琴給我聽吧。」

這把魯特琴只有在需要報出樂師身分時才會拿出來撥弄兩下，因為它是達米安的偽裝。想在陌生的城市蒐集情報，有時候必須偽裝成某種職業才行。

米蕾妮亞之所以會推薦他買下這把魯特琴，是因為她曾聽達米安演奏過好幾次。那是還在孤兒院時的事了。達米安並非刻意要演奏給誰聽，彈琴只是他打發時間的消遣罷了。

「……我已經生疏了。」

「反正你本來就沒彈得多好。」

這是騙人的，無一不精的達米安對樂器的彈奏方法也相當熟巧。但他並沒有回話，大概是覺得很意外吧。

「你彈琴的時候，我也可以跟著一起跳舞呀。」

說起來，米蕾妮亞應該才是技藝生疏了的那一個，但她還是開玩笑似地要求：

「當小偷和占卜師是也不錯啦，但如果是樂師和舞孃的兄妹檔，一定更有看頭吧。」

雖然不保證能掙到錢糊口，但兩個人都不是孩子了，若是真有這個念頭，大可以放手去做。只要下定決心磨練原本就有的技巧，讓人生多點樂趣也無可厚非不是嗎？

但到頭來，達米安還是沒有回話。

直到最後，他都沒有說出那句：「妳騙人。」

來到前嘉達露西亞外交官隱居的小鎮時，已是隔天的日暮時分。

到此之前，達米安還是夢到了關於鮮紅耳飾的記憶。

那是個沒有母親的夢。

對達米安而言，那並不是個沉痛或覺得苦悶的夢，但也決不是會讓人心情輕鬆的美夢。

她所守護的「阿貝爾達因」和她死別後，才剛被送上嘉達露西亞港，隨即就死了。

說被殺了也行，更正確的說法應該是——被吃掉了。

歷經了昨天的夢境，達米安總算能把阿貝爾達因的耳飾和嘉達露西亞的食人魔物之間的關係連繫起來了。

到頭來，耳飾還是沒能守護阿貝爾達因。就算擁有強大的力量，但在魔力更驚人的食人魔物面前，唯一守護住的只有那對耳朵。

這樣的結局，達米安並不覺得遺憾。

因為直到最後一瞬間，阿貝爾達因依然呼喊著母親。

這座山間小鎮，一如達米安他們所居住的城鎮般簡樸。

沒一會兒，就立刻找著了跋山涉水尋訪的那戶人家。敲了門之後沒得到任何回應，問了附近的鄰居，說是幾天前全家人就出門遠行去了。

「這樣啊……」

米蕾妮亞的低喃掩飾不了心中的失落。再接著追問下去，想不到他們遠行的目的地竟然就是嘉達露西亞。白跑一趟了，達米安不由得這麼想。

「他們雖然出門去了，不過他們家的兒子應該有留下來看家才對……」

「沒關係，這樣就夠了，我們等她回來好了。」對親切的鄰人搖了搖頭，米蕾妮亞回應道。達米安也跟她有同樣的想法。總不能就這樣失之交臂吧，她也許是有要事到嘉達露西亞去了，雖然不知道這一來一往得花多少時間，但照鄰居的說法，應該不會拖得太久才是。

向鄰居道謝後，達米安和米蕾妮亞為了尋找落腳的旅店而往另一個方向走去。

就在這個時候，從街角走來的纖細人影不小心撞上達米安的手臂。兩人都感覺到撞擊的力道。「啊，抱歉。」對方反射性地先道了歉。

達米安本想抬手稍微示個意，但卻辦不到。

身體動也不能動、也無法呼吸，就連血液似乎都在轉瞬間停止了流動。

「……哥哥？」

第一個注意到達米安異樣的米蕾妮亞訝異地輕喚一聲。但達米安沒有回應她，扯開喉嚨對剛剛和自己碰撞，罩著連帽斗篷的背影出聲大喊：

「等一下！請你等一下！」

情不自禁地，達米安叫出了那個名字。

「……阿貝爾達因！」

這或許是讓時間停止流動的魔法吧。

罩著連帽斗篷的人影停下腳步，直到他緩緩轉過身之前，時間好像流逝了幾十秒，甚至是幾百秒。

人影伸出手指，微微拉高了連帽斗篷。

他說話了：

「大叔，你怎麼會知道這個名字？」

露出來的手指是比小麥色更深的褐色肌膚，藏在連帽斗篷底下的臉孔也是。

銀灰色的頭髮，水藍色的眼瞳。

就連眼睛底下相連的三顆痣都一模一樣。

眼前的他比夢中稍微大了一些，已經從少年漸漸成長為青年。

可是不會錯的，怎麼可能會錯。

錯不了的，他那外貌分明就是數百年前母親深愛的孩子啊。

「阿貝爾達因……你是阿貝爾達因吧？」

抓著他的肩膀，全身發顫的達米安脫口直問。但少年臉上卻滿是困惑神情。

「我不是。」

他回答得很明白。

「我不是阿貝爾達因。」

說完後，他似乎覺得有點尷尬，又補了一句：「……應該不是。」

「這是怎麼回事？你明明就是阿貝爾達因啊，難道你不是嗎！」

「所——以——我——說——」

推開緊抓著自己的達米安，少年一臉不悅地低吼：

「我的名字叫芳一啦！」

「這樣的話……」

介入兩人之間插話的是米蕾妮亞。一看到米蕾妮亞，芳一瞬間楞了一下，水藍色的眼瞳不禁瞠大。

米蕾妮亞睜著那雙能看透人心的榛色眼眸對著他——也就是芳一說道：

「你為什麼聽到『阿貝爾達因』這個名字時，會轉過身來？」

「那是因為……」

隔著連帽斗篷，他伸手搔了搔後腦杓。

臉色有些鬱悶地開口：

「我確實不是阿貝爾達因，可是我知道這個名字，因為……」

他忽然聳了聳肩膀，開門見山地坦然說道：

「因為，那是我媽媽常說的傳說故事裡的主角名字。」

米蕾妮亞和達米安互覷了一眼，都沒想到會得到這樣的答案。芳一轉過身背對兩人，淡淡說了句：「跟我來吧。」

「其實這種事你們應該找我媽談才對，不過前陣子阿姨寄了封信來，她就跑到嘉達露西亞去了，所以只好由我來泡茶囉。媽媽連妹妹都一起帶去了，留下我一個人正好也覺得無聊。我媽常說的那個傳說故事我早就背得滾瓜爛熟了，要是不嫌棄，我是可以說給你們聽啦，不過你們可千萬別當真喔。」

芳一轉過頭來說著。

接下來要說的故事似乎讓他有些難以啟齒，但他還是喃喃開口道：

「因為，這個故事說的是關於我的前世。」

過去曾是薩爾瓦多的魔法師，同時也以「天國之耳」享譽各國的外交官——薩爾瓦多．托托所居住的地方沒有半點特別之處，小小的屋子要容納一家人生活甚至稍嫌太狹窄了。

「我媽的工作是寫一些外國傳說故事的繪本，老爸則是教鎮上的小孩武術。」

而這兩人的孩子……芳一連外套也沒脫，就粗魯地替達米安和米蕾妮亞兩位客人端上泡好的茶，一屁股坐在椅子上，雙手枕在腦後，打斜了椅腳開口道：

「你們對薩爾瓦多的食人魔物了解多少？」

米蕾妮亞坦誠回答了他們所知道的一切。「只有這種程度啊！」芳一打鼻腔不滿地哼出一聲：「真是麻煩耶。」抱怨的同時，也開始有些得意地緩緩道出那個故事。

那是名叫阿貝爾達因的不幸少年死去後，才開始的另一段故事。教人驚訝的是，芳一所描述的故事也可以說是達米安的夢境延續。

這一定是他從小聽到大的睡前故事吧。芳一口若懸河地說著那段故事，沒有一絲停頓，聲音起伏流暢得宛若詩人。

繼承了阿貝爾達因之名的食人魔物得到不完整的身體，也被那個名字囚困了自由，因此沉睡數百年之久。直到一個稚嫩的少女解開了他的封印。無能的少女以「我來當你的媽媽」為契約，出人意料地得到了誰也收服不了的食人魔物。於是孤獨的魔物與寂寞的魔法師少女成了母子，她替他取了一個全新的名字。

魔物的名字，就叫芳一。

雖然有滿腦子的疑問期待解答……「總而言之，你們先安靜聽我說完啦！」但因為講故事的人任性的要求，達米安和米蕾妮亞只能乖乖當個稱職的聽眾。

故事在食人魔物被消滅後劃下了句點。

但芳一卻淘氣地在故事最後加了一小段插曲。就像他母親在生下他之後，經常掛在嘴邊的那句話——

「之後過了幾年，我就出生了。看到剛出生的嬰孩膚色時，她詫異地對女僕們大喊：『這孩子的名字叫芳一，他就是我的孩子……』」

聽到這裡，達米安和米蕾妮亞只能倒抽一口氣。

「就是這樣的傳說故事啦。」芳一掩飾般有些靦腆地笑了笑，聳肩道：「怎麼樣，你們相信嗎？」

達米安和米蕾妮亞互看了一眼，靜默地頷首。

「……我有個東西要交給你，是從嘉達露西亞帶過來的。」

「有東西要給我？從嘉達露西亞來的？」

芳一挑著眉，有些疑惑的反問。達米安點了點頭，從胸前取出布巾包裹的小東西。打開布巾，讓鮮紅耳飾靜靜地躺在桌面上。

「這個是？」

芳一詫異地擰起眉頭。達米安對他說：「你摸摸看。」

答案馬上就要揭曉了，達米安心想。如果芳一不是他們要找的那個人，這只耳飾應該會否定擁有這副外表的他才對。

芳一饒富興致地注視著紅色石頭，沒有一絲猶豫隨手拿了起來，鮮紅耳飾在燈光折射下呈現半透明的狀態。

太迅速的動作，讓達米安和米蕾妮亞連想喘口氣都沒有時間。

「……好漂亮喔。」

水藍色瞳眸微微瞇了起來，芳一輕喃。

嘉達露西亞的祕寶，並沒有拒絕他的觸碰。

達米安用指腹揉著眉心鎮定心神，硬逼自己出聲：

「這是嘉達露西亞的尊妃．黑蝶緹蘭拜託我送過來的。她要我把這個耳飾還給真正屬於它的主人。」

「你說阿姨嗎？」

芳一的回應讓達米安的下巴差點掉下來。

「阿姨……」

達米安想都沒想過，居然會有人對那個貴氣逼人的尊妃用上這種市井的稱謂。芳一依然坐在椅子上，搖晃著手裡發出喀啦聲響的鮮紅耳飾回應道：

「你說的緹蘭就是緹蘭阿姨吧？她是我媽的朋友啊，因為我被禁止出入嘉達露西亞，所以也沒跟她見過幾次面啦。就是那個阿姨說發生了有趣的事，才臨時把我媽叫回嘉達露西亞的呀……」

瞪著自言自語的芳一，達米安忍不住大叫：「這到底是怎麼回事啊？」

「你們的交情既然那麼好，為什麼不自己……」

「因為立場的關係吧。」

米蕾妮亞猜測著問題的答案，開口接著問：

「芳一先生，你說你被禁止進入嘉達露西亞？」

芳一點了點頭。

「對啊，好像是因為我上輩子是食人魔物的關係吧。不過也是我媽在說啦，她老說我要是被薩爾瓦多的魔法師發現就糟了。媽媽對那個國家有很多美好的回憶，不過傷心的回憶也不少就是了。老爸會跟著一起去，大概也是為了保護媽媽吧。雖然我覺得練武術實在不怎麼帥氣……卻不曉得為什麼老是打不贏他。」

想來他的心思也挺複雜的，才會撇過頭去嘟囔了一堆不滿的抱怨。

米蕾妮亞頷首道：

「如果他們把你的存在當作祕密……」

「再加上薩爾瓦多．托托逃離了嘉達露西亞，就算想物歸原主也沒辦法說給就給吧……」

所以，如果不是被盜賊竊走了，這只耳飾是絕對不可能被帶出嘉達露西亞港的。

總覺得好像被那個黑蝶尊妃耍得團團轉，但看到鮮紅耳飾此刻正平靜地躺在他手中，達米安心裡某處也不覺鬆了口氣。

「可以告訴我關於這個耳飾的故事嗎？」

於是，不擅言詞的達米安也笨拙地訴說起那女人短暫且哀傷的記憶。

芳一沉默著，老老實實坐在椅子上聽著達米安所敘述的故事。

「所以我認為，這只祕寶是屬於你的沒錯，你願意接受嗎？」

達米安最後的詢問讓芳一垂下了目光，淡淡開口道：

「阿貝爾達因已經不在了。」

他理所當然地說出這理所當然的話，聲音中感覺不出絲毫感傷。

「阿貝爾達因已經不在了。他的人生結束了，又重頭來過，然後又結束了，接著才到了我這一代。」

雙手輕攏著赤紅的母愛誓言，他輕聲說：

「所以，這個人也可以卸下她的責任了。」

芳一的嘴唇抵在包覆著鮮紅耳飾的手背上。

「……歡迎回來，我的……另一個媽媽。」

就在這一瞬間——

赤紅色的祕石突然浮出某種影像，但轉眼就消散了。

達米安只看見一片朦朧的黑色靄霧，而黑色的靄霧看在米蕾妮亞和芳一眼中則是一個美麗女人的姿影。

她沒有說話，就這樣消失在空氣中。米蕾妮亞確信，她一定是昇天去了。

而兄妹倆也領悟到，這趟旅程終於要劃下句點了。

「哎，雖然說可以收下，不過我也沒辦法把這玩意兒戴在耳朵上就是了。」

芳一有些困窘地笑了笑，在他們追問原因前就自己主動掀開了連帽斗篷。

達米安和米蕾妮亞又是只能抽氣。看著掀開連帽斗篷的芳一，冷不防又被嚇了一跳。

藏在銀髮底下的耳朵小小的還有些變形，並不是一般人會有的形狀。

「我的耳朵一直都沒有成長，不過聽力倒是沒有問題，所以我也覺得無所謂啦。」

說完，芳一便仔細地用布巾包起耳飾。

「等哪天我找到了想守護一生的人時，再送給對方吧。」

「說不定會有危險喔。」

達米安想也不想地開口：

「對方很可能會受到詛咒。」

達米安說得很認真，卻換來芳一的朗聲大笑。「不會的啦！」這是芳一的回答。

沒有較勁的意圖，他低語道：

「希望我得到幸福的人，怎麼可能詛咒我愛的人呢。」

聽芳一這麼說，達米安忽然覺得眼前的男孩好耀眼。也清楚知道他一定是在豐沛的愛情灌注下無憂無慮長大的。

此刻人在遠方的嘉達露西亞少女，終於成為他真正的母親了。

「謝謝你們。」

芳一開口道謝。明明有雙盈滿傲氣的眼瞳，但在道謝時，口氣卻不可思議地直率坦然。

「謝謝你們替我把這只耳飾送來，我還要代替我媽媽、還有另一個媽媽感謝你們。」

他微笑說著。

「真的謝謝。」

除了道謝之外，並沒有得到等質的報酬。光就利益考量，這趟旅程真是虧大了。

但單就一場即將劃下句點的旅程而言，芳一的道謝卻是最好的結語。

芳一說，如果可以，希望他們能留到他的家人回來，但達米安和米蕾妮亞都覺得沒有這個必要。因為，他們的任務已經完成了。

就算芳一的母親回來時準備了大筆謝禮，達米安一定也會拒絕。只拿了一些旅程中派得上用場的藥品，其他雜物他們打算上街採買。芳一也不勉強他們，只是在臨別之際對米蕾妮亞說了一句：

「喂，妳想不想留下來？」

米蕾妮亞僅挑起眉反問他是什麼意思。芳一也抬高那雙水藍色眼瞳直視米蕾妮亞。「我想我應該不會搞錯才對。」他先鋪陳了這麼一句：「我感覺到妳有很強大的魔力，要不要我叫媽媽介紹幾個魔法師給妳認識？如果能接受指導，妳應該會比較輕鬆吧？」

一旁的達米安只是默默聽著，等待米蕾妮亞的答案。

米蕾妮亞沉默了好一會兒後，才緩緩搖頭，笑著開口回應：

「這樣的提議也不錯，可是……」

榛色的瞳眸輕瞥了達米安一眼。

「我們家的哥哥在某些地方真的很不牢靠，要是沒有我看著他可不行呀。」

斜眼瞄了瞠目結舌的達米安一眼，芳一露出愉快的笑容。「原來如此啊！」他同意似地點點頭，還俏皮地眨了下眼睛。

「我妹妹也是個超級愛哭鬼，說起來我們兩個都很辛苦啊。」

要不要繞點遠路再回去呢？米蕾妮亞央求著。這樣也不錯啊，達米安同意道。

「到什麼時候……」

說出這句話時，達米安的聲音顯得有些侷促不安。

「妳打算這樣到什麼時候為止？」

短短一句話，可以解釋成各種質問，米蕾妮亞輕垂下視線回應：

「就我的占卜來說……」

沒有使用水晶，也沒做出什麼特別的行為，她一開口就說出沒來由的預言。

「除非死亡拆散我們，否則哥哥和我永遠都會在一起喔。」

妳騙人，如果他這麼說，那一切就結束了。抱著可能被達米安反駁的覺悟，米蕾妮亞還是說出了她想說的話。但達米安只是瞇著眼望向遠方的無垠天空，手指輕輕撩撥著已有多年不曾彈過的魯特琴琴弦。

「好像還不錯嘛。」

他淡淡地回應。

米蕾妮亞也跟著望向無邊無際的天空——

「嗯，就是啊。」然後微笑著說。

END

後記 ——為了新的旅程——

以《角鴞與夜之王》成為作家的我，為了讓我能繼續當作家而持續奔馳的老夥伴、朋友、救世主。

那就是，對我而言的芳一，以及托托。

拚命努力也無可奈何，不管做什麼都不拿手，只是得到不相符合的頭銜……再次這樣寫時，發現才剛出道的我就彷彿是這個故事的主角托托。

投稿也常常失敗，現在回頭看，我真的是迷惘地寫了許多拙劣的小說。所以，一開始我是拒絕出版《ＭＡＭＡ》與《雪螳螂》完全版的。

然而，《角鴞與夜之王》，以及《毒吐姬與星之石》的完全版受到好評，所以便像是回應安可的聲音般變成這樣的形式了。如今以全新姿態出現的她，以及她所愛的孩子的故事。你覺得如何呢？

這次，我鼓起勇氣著手寫出現在的自己已經寫不出來的故事。一邊確認著每一字每一句，因為有著嚴重的扭曲，因此要重新握住韁繩並不容易，但也因為如此，讓我重新感受到那些難得的事物。

完全版中都會加入新寫好的故事，但當時電擊文庫版的《ＭＡＭＡ》發行時，已經有將我之前與繪師ＫＡＲＡＳＵ以同人誌形式所發行的番外篇重新編輯後收錄進去了。這次也重新收錄了將ＭＡＭＡ與ＡＮＤ之間聯繫起來的故事，若能讓讀者覺得有趣就太好了。

ＫＡＲＡＳＵ的插畫，以及這次ＭＯＮ新畫的畫，都是對這個故事的扭曲所表達出來的肯定。真的非常感謝。

持續了一年的十五週年企劃，到下個月的《雪螳螂　完全版》就算是完整大結局了。

因為愛而吃人，以及被人吃，食人魔物們的故事。

若大家能夠看到最後，將帶給我無上的喜悅。

我會輕撫著這扭曲故事中的那些扭曲。

並且一直一直，愛著它們。

紅玉いづき

國家圖書館出版品預行編目資料

MAMA(完全版)/紅玉いづき作；林吟芳，米宇譯. -- 初版. -- 臺北市：臺灣角川股份有限公司，2024.06
面；　公分
譯自：MAMA 完全版
ISBN 978-626-400-094-9(平裝)

861.57　　113005081

輕文學 Light Literature

MAMA　完全版

原著名＊MAMA 完全版

作　　者＊紅玉いづき
插　　畫＊MON
譯　　者＊林吟芳、米宇

2024年6月27日　初版第1刷發行

發 行 人＊台灣角川股份有限公司
總　　監＊呂慧君
總 編 輯＊蔡佩芬
主　　編＊李維莉
美術設計＊邱靖婷
印　　務＊李明修（主任）、張加恩（主任）、張凱棋、潘尚琪

台灣角川

發 行 所＊台灣角川股份有限公司
地　　址＊104 台北市中山區松江路 223 號 3 樓
電　　話＊（02）2515-3000
傳　　真＊（02）2515-0033
網　　址＊http://www.kadokawa.com.tw
劃撥帳戶＊台灣角川股份有限公司
劃撥帳號＊19487412
法律顧問＊有澤法律事務所
製　　版＊尚騰印刷事業有限公司
I S B N＊978-626-400-094-9